어두울 때에야
보이는 것들이 있습니다

어두울 때에야
보이는 것들이 있습니다

Die Kunst, ohne Sorgen zu leben

슈테판 츠바이크 지음
클라우스 그레브너, 폴커 미헬스 엮음
배명자 옮김

다산
초당

차
례

◦

◦

걱정 없이 사는 기술

Stefan Zweig

Die Kunst,

ohne Sorgen zu leben

.

1940

⤳

세상에서 가장 강력한 도구인 돈을 주체적으로 피하는 기술, 그리고 단 한 명의 적도 만들지 않고 사람들과 어울려 사는 기술. 매우 어려운 이 두 가지 기술을 내게 보여준 사람이 있다. 그를 잊는다면, 그것은 배은망덕일 것이다. 나는 이 귀한 기술을 습득하려 노력했지만 고백하자면 두 가지 모두 성공하지 못했다.

나는 당시 거주했던 작은 도시에서 이 독특한 사람을 무척 평범하게 만났다. 충직한 반려견 카스파를 데리고 산책을 나간 어느 오후였다. 스패니얼 품종인 카스파는 보통 도도하게 꼬리를 흔들며 앞서 걷는다. 그런데 이날은 미친개처럼 굴었다. 바닥에 드러누워 네 다리를 버둥거리고, 나무에 몸을 비비고, 울부짖고, 낑낑거리고, 계속 으르렁거렸다. 나는 봄이면 나오는 나쁜 습성이려니 생각하고 신경 쓰지 않았다.

그때 언뜻 누군가 내 옆으로 다가오는 느낌이 들었다. 고개를 돌리니, 칼라 없는 허름한 옷에 모자도 쓰지 않은 서른쯤 되어 보이는 남자가 나와 나란히 걷고 있었다. 나는 무의식적으로 거지구나 생각했고 돈을 꺼내려 주머니에 손을 넣었다. 하지만 이 낯선 남자는 마치 오랜 친구를 만난 것처럼, 별처럼 빛나는 맑고 파란 눈으로 내게 따스한 미소를 지었다.

"몸에 진드기가 붙었네. 불쌍한 녀석." 남자가 카스파를 가리키며 말했다. "보자마자 바로 알아차렸지. 자, 저기 공원 벤치로 가자. 내가 금방 없애줄게."

여기서 말해둘 것이 있는데, 독일어에는 반말과 존댓말이 있고, 서로 지위가 같고 수년 동안 친하게 알고 지낸 사이에만 반말을 쓴다. 그러니까 내가 교양인의 예의범절을 중시했더라면, 이토록 친밀하게 말을 걸어온 이 낯선 남자에게 불쾌

감을 드러내며 거칠게 응수했을 터다. 하지만 그의 친밀한 눈빛이 너무나 따뜻했기에, 나는 뭔가에 홀린 듯 명령에 가까운 그의 제안을 받아들일 수밖에 없었다. 머뭇거릴 새도 없이 나는 그와 나란히 길을 건넜고, 나란히 벤치에 앉았다. 낯선 남자는 날카로운 휘파람으로 개를 불렀다.

그리고 신기하게도, 평소에는 낯선 사람이 있으면 조심스럽게 냄새를 맡은 후에야 자기 몸을 만지게 두던 나의 카스파가, 방금 내가 그랬던 것처럼 이 낯선 남자의 눈짓 한 번에 순순히 커다란 귀를 남자의 무릎에 대었다. 남자는 손톱이 유난히 밝게 빛나는 길고 단단한 손가락으로 카스파의 털 속을 이리저리 한참 수색했다. 그런 다음 "아하!" 하고 만족스럽게 외친 후, 두 무릎 사이에 카스파의 머리를 끼우고 시술을 시작했다. 시술이 아팠는지 카스파는 여러 번 낮게 신음했다. 하지만 도망치려 하지 않고 경련이 난 듯 심하게 떨리는 네 다리로 얌전히 버텼다.

마침내 낯선 남자가 무릎을 풀어 카스파를 놓아주고 크게 웃었다.

"잡았다!" 낯선 남자는 의기양양하게 뭔가를 높이 들어 올렸다. 그는 여전히 떨고 있는 개에게 명령했다. "자, 달려!"

카스파는 즉시 알아듣고 팽이처럼 튀어 나갔다. 그러자 낯선 남자는 자리에서 일어나 "안녕" 하고 손을 흔들어 내게 인사하고 임무를 완수한 사람처럼 당당하고 씩씩하게 걸음을 옮겼다.

그렇게 갑자기 가버리는 바람에 나는 어안이 벙벙한 채 그 자리에 붙박여 서 있었고, 무척이나 가난해 보이던 이 남자의 수고에 감사의 뜻으로 돈이나 담배 몇 개비라도 건넸어야 했다는 생각이 나중에야 떠올랐다. 그러나 이 남자는 내게 다가왔을 때와 똑같이 자연스러우면서도 단호하게 떠났다.

그는 자신을 희생하거나 생색내는 일 없이 원하는 대로 자기 일을 했다. 이제는 백발이 된 나도 낯선 사람과 그렇게 자신 있게 대화를 시작하고 끝내는 법을 배울 수만 있다면 뭐든 다 바칠 것 같다. 나는 이 남자의 기이한 행동을 계속 생각하며 집으로 갔다.

우리 집에서 카스파는 단연코 가장 중요한 존재이므로 식구들에게 그의 이야기를 전하지 않을 수 없었다. 내 이야기를 듣자마자 나이 든 요리사가 확신에 차서 말했다.

"아, 안톤을 만나셨군요. 그는 정말 다 보고 있다니까요."

그렇게 나는 그 착한 사마리아인의 이름이 안톤이라는 것을 알게 되었고, 그의 직업과 실제로 무엇을 하는지도 물어보았다.

"아무것도 안 해요." 우리의 요리사가 모욕이라도 당한 것처럼 화를 내며 말했고, 늘 그렇듯 질문에 질문으로 대답했다. "직업 같은 게 왜 필요하겠어요?"

나는 그녀의 화를 돋우지 않도록 아주 조심스럽게, 누구든지 먹고살려면 뭐든 직업이 있어야 한다고 말했다.

"에이, 그런 거 필요 없어요." 우리의 요리사가 자랑스럽게 말했다. "그에게 필요한 게 있으면 사람들이 기꺼이 죄다 내주거든요."

나는 부끄러웠지만 그 이상한 안톤이 내게서 아무것도 받아 가지 않았다고 털어놓아야 했다. 하지만 그 말은 요리사의 자부심만 더 키웠다.

"맞아요, 그는 아무것도 요구하지 않아요. 돈에 개의치 않고, 돈이 필요하지도 않을 거예요."

정말 기이한 일이었다. 그때까지 나는 살기 위해서는 누구에게나 돈이 필요하고, 돈이 없으면 일을 해서 벌어야 한다고 믿어왔다. 세계 모든 도시와 마찬가지로 이 작은 도시에서도 빵 한 조각, 맥주 한 잔, 잠잘 방 한 칸, 옷 한 벌을 얻으려면 부자든 가난한 사람이든 돈을 내야 했다. 다른 곳과 마찬가지로 여기서도 아무도 공짜로 일하지 않았고, 오히려 노동조합이 정한 적정 임금을 받았다. 그런데 구겨진 바지를 입은 그 작고 마른 청년은 어떻게 이 법칙을 어길 수 있었을까? 오늘날 전 세계에 걸친 협정과 임금체계의 촘촘한 그물망을 그는 어떻게 피했을까? 그리고 처음 그를 보았을 때 바로 알아차렸듯이, 그는 어떻게 근심 걱정 없이 행복할 수 있는 걸까? 나는 그의 비결을 알아내리라 결심했다. 그리고 불과 며칠 뒤에 요리사 말에 동의할 수밖에 없었다.

안톤은 정말로 직업이 없었고, 실제로 온종일 산책했다. 매일 아침 밖으로 나가 도시 이곳저곳을 한가롭게 거닐었지만,

사람이 이마 아래에 가질 수 있는 가장 주의 깊고 현명한 눈으로 주위를 살폈다. 그는 모든 것을 관찰했고 모든 것을 알아차렸다. 그는 마차를 멈춰 세우고 말의 굴레가 잘못 씌워졌다고 지적했다. 올바른 지적이었으므로 마부는 웃으며 안톤에게 굴레를 고치게 했다. 그다음은 어느 울타리를 지나며 주인을 불러 썩은 기둥을 새로 칠해야 한다고 경고했고, 주인은 그 일을 안톤에게 맡겼다. 안톤이 돈 욕심에서가 아니라 다른 사람을 위한 정직한 마음으로 잘못된 부분을 지적한다는 걸 모두가 알기에, 사람들은 그가 제안하는 것을 무엇이든 기꺼이 받아들였다.

나는 여러 상점에서 그가 일을 돕는 장면을 수없이 보았다. 어떨 땐 신발 수선점에 앉아 신발을 고쳤고, 축제에서 임시 웨이터로 일하기도 했고, 아이들을 데리고 산책도 했다. 또 한번은 시장에서 여자들 틈에 끼어 사과를 팔았다. 그 자리 주인이 출산으로 집에 누워 있어(이런 경우 모두가 안톤에게 의지한다) 며칠 동안 산모를 대신해 안톤이 나온 것이었다.

물론 모든 것을 할 수 있고 모두에게 필요한 그런 부지런한 일꾼은 아주 많다. 그러나 안톤의 특별하고 독특한 점은, 여러 시간 힘들게 일하고도 그날 하루 필요한 것보다 많은 보수는 완강히 거부했고, 필요한 게 없는 날에는 돈을 아예 받지 않았다. 이런 경우 그는 이렇게 말했다.

"나중에 필요한 게 있으면 찾아올게."

그리고 나는 곧 깨달았다. 면도도 잘 안 하고 후줄근해 보이는 이 말라깽이 청년은 자신을 위해 철저히 반자본주의적인 새로운 시스템을 발명했다. 그는 사람들의 인성을 믿었다. 그는 은행에 적금을 넣는 것보다 이 작은 도시의 거의 모든 사람의 마음에 도덕적 의무라는 유동자산을 저축하기를 더 좋아했다. 그는 자신이 가진 약간의 재산을 눈에 보이지 않는 자산에 투자한 것이었다. 제아무리 완고하고 의심이 많은 사람이라도 기술이나 노동을 돈벌이 수단으로 거래하지 않고 부탁받은 모든 일을 당연한 듯 흔쾌히 처리한 후 즉각적인 대가를 요구하지 않는 사람에게는 마음의 빚을 진 기분을 느낄 수밖에 없기 때문이다.

사람들이 얼마나 특별히 그를 존경하는지 알아보려면 거리에서 안톤을 잠시만 지켜보면 된다. 모두가 그에게 반갑게 인사하고 모두가 그와 악수를 나눈다. 내일을 걱정하지 않고 정말로 교과서적으로 신을 믿는 삶, 그 위대한 삶의 비밀을 핏속에 가진 자의 힘을 나는 안톤에게서 명확히 보았다. 확실히 가장 가난하고, 아무것도 하지 않으면서 모든 것을 하는, 낡은 코트 차림의 이 단순하고 걱정 없는 남자는 자기 땅을 순시하는 지주처럼 여유롭고 다정하게 동네 곳곳을 돌아다녔다. 그는 누구의 집에든 들어갈 수 있었고, 어떤 자리에든 앉을 수 있었으며, 오직 최소한의 것만 원했기에 그에게는 모든 것이 허락되었다. 나는 안톤이 가진 힘의 비밀을 곧바로 이해했다. 돈이 아니라 사람을 위해 일했기에 모두가 그를 존경했다.

솔직히 고백하자면, 그가 내게 가볍게 눈인사만 하고 거의 모르는 사람처럼 그냥 지나치는 것에 서서히 화가 나기 시작했다. 섬세한 감수성을 지닌 그는 분명 작가인 내게 자신이 큰 쓸모 없을 거라 느꼈을 테고, 그의 이런 정중한 무관심으로 인해 나는 그의 따뜻하고 커다란 공동체에서 어쩐지 배제당한 기분이 들었다. 그래서 우리 집 지붕 배수관에서 물이

샐 때 기회를 놓치지 않고 안톤에게 와서 봐달라고 부탁하면 어떨지 요리사에게 넌지시 물었다. 어디가 문제인지 알아내지 않겠냐면서. 안톤에게 편지를 쓰거나 사람을 보내는 게 좋겠다고 요리사에게 제안했다.

"그에게는 전갈을 보낼 수가 없어요. 당장 머물 수 있는 곳에 묵기 때문에 사는 곳이 계속 바뀌거든요." 요리사가 대답했다. "그러니 편지를 보낼 수도 없지요. 하지만 그가 알 수 있게 말해둘게요."

나는 그 특이한 사람에 대해 또 한 가지를 알게 되었다. 그는 집도 없고 주소도 없는 진정한 철새였다. 하지만 그보다 더 연락하기 쉬운 사람도 없었다. 일종의 무선전화가 그를 도시 전체와 연결해 주었다. 길에서 만나는 아무에게나 "안톤이 필요해요"라고 한마디만 하면 된다. 그러면 그 사람이 다시 다음 사람에게 말하고 그렇게 계속 이어져 결국 안톤에게 전달된다. 그리고 정말로, 그날 오후에 그가 우리 집에 왔다. 그는 초롱초롱 맑은 눈으로 집안 곳곳을 살폈고, 정원을 지나면서 덤불을 베어내고 어린나무를 이쪽으로 옮겨 심으라고 조언했다. 우리는 그를 지붕으로 안내했다. 그는 배수관을 조사했고 몇 분 후에 "여기군" 하고 말하고는 곧바로 작업을 시작했다.

능숙한 손놀림을 구경하는 것이 꽤 재밌었지만, 프랑스에서 친구들이 와 있었던 탓에 오래 지켜볼 시간이 없었다. 두 시간쯤 뒤에는 손님들과 대화에 빠져 안톤을 까맣게 잊었다. 그때 노크 소리가 났다. 안톤이 소매를 걷어붙인 채로 우리 방으로 들어왔다. 그는 낯선 사람들을 보고도 전혀 당황하지 않았다.

"신경 쓰지 말고 그냥 앉아 있어! 방해할 생각 없으니." 그는 친근하면서도 단호하게 말했고, 교양 있어 보이는 낯선 사람들을 향해 해맑게 미소를 지었다. "다 고쳤다고 말해주려고 왔어. 나중에 살펴봐. 그럼 이만 가볼게."

이번에도 그는 고맙다는 말을 할 새도 없이 방을 나가버렸다. 나는 요리사에게 재빨리 달려가 그에게 사례를 후하게 해주라고 말했다. 안톤에게서 느껴지는 돈에 대한 무관심이 하도 강해서 감히 그에게 직접 돈을 건넬 용기가 없었기 때문이었다. 그러고는 다시 친구들에게로 돌아갔다. 그러나 정말로 요리사가 후하게 사례를 했을까 궁금하고 불안하여 몇 분 후 요리사를 불러 안톤이 흡족해하며 돌아갔는지 물었다.

"물론이죠. 그는 언제나 만족해요. 6실링을 주려 했지만 2실링만 받으면서 그거면 오늘과 내일까지 충분하대요. 그러고는 혹시 박사님이 입지 않는 따뜻한 외투가 있다면 그걸 주면 좋겠다고 했어요." 요리사가 대답했다.

주어진 금액보다 적게 받아가는 이 특이한 남자에게 그가 진심으로 원하는 뭔가를 줄 수 있게 되어 이루 말할 수 없이 기뻤다. 그의 바람을 들어주는 것이 내게는 그 어떤 예의보다 중요한 의무처럼 느껴졌다. 다소 무례하게도 나는 친구들을 내버려두고 안톤을 부르며 정원 문으로 달려갔다.

"안톤! 안톤! 지금 바로 외투를 줄 테니 가져가요."

그의 밝고 차분한 눈빛이 다시 내게로 향했다. 그를 잡으려고 달려온 나를 보고도 전혀 놀라지 않았다. 그의 세계관에서는 안 입는 코트를 필요한 사람에게 주는 것은 완전히 당연한 일이었다. 그는 차분히 따라왔고, 나는 서둘러 헌 옷, 신발, 셔

츠 등 닥치는 대로 모두 꺼내왔다. 그는 신중한 눈으로 찬찬히 옷더미를 살펴보고 외투를 입어 본 뒤 차분히 말했다.

"이게 좋겠어."

그는 보석상에서 반지 하나를 고른 백만장자처럼 말했다. 그리고 어떤 물건을 선물로 받은 사람이 아니라, 매장에 전시된 물건을 가격도 묻지 않고 사는 신사처럼 품격 있게 말을 이었다.

"그래, 이거야." 그는 흡족해하며 말했고, 다른 물건들도 꼼꼼히 살폈다. "저기 등산화는 잘제르가센에 사는 프리츠에게 줘. 저런 게 필요하다고 했거든. 그리고 셔츠들은 플라츨에 사는 요제프에게 주면 직접 수선해서 입을 거야. 원한다면 내가 가져다줄게."

그가 어찌나 관대한 어조로 제안하는지, 나는 내가 알지 못하는 낯선 사람들에게 내 물건을 나눠주어 정말로 고맙다고 인사를 해야 할 것만 같았다. 그는 물건들을 꼼꼼하게 싸서 어깨에 짊어졌다. 그런 다음 "이 모든 걸 내어주다니, 참 좋은 사람이야"라고 아주 다정하게 말하고는 사라졌다.

살면서 이렇게 기분 좋았던 적이 없었다. 신기하게도 이런 순박한 칭찬 한마디가 내 책에 감탄하는 그 어떤 열광적 서평보다 훨씬 기뻤다.

나는 종종 안톤을 생각한다. 그토록 큰 도움을 내게 준 사람은 거의 없었기에 항상 고마운 마음이 든다. 때때로 사소하고 어리석은 돈 걱정이 들 때면, 나는 당장 단 하루에 필요한 것 이상을 원하지 않아 늘 여유롭고 태평하게 살 수 있는 이 남자를 떠올린다. 허름한 옷차림의 그를 여러 차례 보았다. 그는 늘 한결같이 쾌활하고 태평했다. 그럴 때마다 나는 생각했다. 모든 사람이 이런 상호 신뢰의 비결을 배운다면, 경찰도 법원도 교도소도 돈도 필요 없을 거라고. 필요한 만큼만 대가를 받고 능력이 닿는 한 힘껏 돕는 이 청년처럼 모두가 산다면, 부조리가 반복되어 '사회문제'가 되는 우리의 복잡한 경제 시스템도 어쩌면 해결될지 모른다.

현재 나는 몇 년째 안톤 소식을 듣지 못했다. 하지만 그에 대해 아무런 걱정도 하지 않는다. 신은 물론 사람들 역시 이 남자를 저버리지 않을 것을 잘 알고 있기 때문이다.

．

때때로 사소하고 어리석은 돈 걱정이 들 때면,
나는 당장 단 하루에 필요한 것 이상을 원하지 않아
늘 여유롭고 태평하게 살 수 있는 이 남자를 떠올린다.

．

필요한 건 오직 용기뿐!

Stefan Zweig

Nur Mut!

.

1941

🖋

　빈에서 고등학교에 다닐 때, 우리 학교에서 가장 촉망받는 친구가 있었다. 열여섯 살이었던 그는 아주 잘생기고 재능이 뛰어나고 성실하며 품행이 단정하고 야망도 있었다. 우리는 그가 똑똑한 머리로 분명 고위 공직자가 되어 빛나는 경력을 쌓으리라 믿어 의심치 않았고, 그래서 오스트리아의 위대한 외교관 메테르니히 후작의 이름을 따 그를 '메테르니히'라고 불렀다.

　메테르니히에게는 우리 마음에 들지 않는 단점이 딱 하나 있었는데, 바로 고상함이었다. 그는 항상 갓 다린 말끔한 정장에 넥타이까지 단정하게 매고 학교에 왔고, 날씨가 좋지 않은 날에는 운전기사가 딸린 리무진을 타고 등교했다. 그럼에도 그는 거만함이라고는 찾아보기 어려운 다정한 친구였고, 우리는 모두 그를 좋아했다.

어느 날 아침 메테르니히의 자리가 비어 있었다. 점심시간이 되어서야 우리는 그 이유를 알았다. 대형 금융회사 대표였던 그의 아버지가 전날 저녁에 사기범으로 체포되었다. 이 엄청난 금융 사기로 수천 명에 이르는 평범한 사람들이 힘들게 벌어 알뜰히 저축한 돈을 하룻밤 사이에 몽땅 잃고 말았다. 신문에서는 범인과 심지어 그 가족의 사진까지 더하여 이 사기 사건을 대서특필했다.

그제야 우리는 이 불운한 친구가 왜 학교에 오지 않았는지 이해했다. 창피했을 터다. 메테르니히의 자리는 2주 동안 비어 있었고, 그동안 신문들은 그의 아버지가 벌인 사기 행각을 점점 더 상세하게 파헤쳐 보도했다.

그리고 3주째에 접어든 어느 날 아침, 교실 문이 열리고 메테르니히가 조용히 들어와 자리에 앉았다. 그는 재빨리 책을 폈고, 수업이 진행되는 두 시간 내내 단 한 번도 고개를 들지 않았다. 쉬는 시간을 알리는 종이 울렸고, 우리는 늘 하듯이 복도로 나갔다. 메테르니히는 곧장 복도 끝으로 가서 우리에게 등을 돌린 채 홀로 서서, 마치 거리에서 그의 관심을 온통 사로잡는 뭔가가 벌어지고 있는 것처럼 창밖만 뚫어지게 노려보았다. 하지만 우리는 이 가련한 친구가 우리와 눈을 마주치지 않기 위해 그렇게 하는 것이고, 사실은 몹시 외롭다는 사실을 잘 알고 있었다.

스스로 만든 이런 고립이 그에게 얼마나 가슴 아픈 일일지 알았기에, 우리는 감히 장난도 치지 못했고 크게 떠들며 웃을 수도 없었다. 그는 분명 우리가 다정하게 다가와 주기를 바랐을 터다. 하지만 그의 자존심을 상하게 하지 않으면서 다가갈 방법을 잘 몰랐던 우리는 서로 눈치만 보며 주저했다. 누구도 먼저 나설 용기를 내지 못했다. 한없이 길었던 몇 분이 지나고 종소리가 다시 우리를 교실로 불렀다. 메테르니히는 빠르게 획 돌아 우리 쪽은 쳐다보지도 않고 서둘러 교실로 들어갔다. 자리에 앉아 서둘러 책을 펼치는 동안 앙다문 그의 입술은 아까보다 훨씬 더 창백해 보였다. 오전 수업이 끝나자 그는 재빨리 교실을 나갔고, 결국 우리 중 누구도 그에게 말을 걸 기회를 얻지 못했다.

우리는 모두 죄책감을 느꼈고, 상황을 바로잡을 방법을 궁리하기 시작했다. 하지만 너무 늦었다. 그는 우리에게 기회를 주지 않았다. 다음 날 아침 그의 자리는 다시 비었다. 우리는 그의 집에 전화를 걸었고, 그가 어제 학교에서 돌아와 갑자기 어머니에게 학교에 더는 가지 않겠다고 선언한 사실을 알게 되었다. 그리고 그는 정말로 빈을 떠나 작은 도시의 어느 약국에서 직업 교육을 받았다. 우리는 그를 다시는 보지 못했다.

그가 계속 학교에 다닐 수 있었다면 그는 분명 우리 모두보다 훨씬 나은 삶을 살았을 것이다. 하지만 그를 돕지 못한 우리의 주저가 그의 인생 경로 변경에 의심의 여지 없이 결정적 역할을 했다. 그날 아침 우리의 말 한마디, 다정한 몸짓 하나가 그에게 불행과 고통을 이겨낼 힘을 어쩌면 줄 수 있었으리라.

그 중요한 순간에 그를 저버리고 만 것은 공감 부족이나 무관심, 못된 의도가 아니었다. 가장 필요할 때 올바른 말을 못하게 막는 것은 많은 경우 용기 부족인 것 같다.

　패배나 굴욕의 수치심으로 영혼을 다친 사람에게 다가가는 일이 절대 쉽지 않음을 잘 알지만, 이때의 경험을 통해 나는 누군가를 돕고 싶은 첫 번째 충동에 주저 없이 순종해야 한다는 사실을 배웠다. 공감의 말과 행위는 도움이 가장 절실한 순간에만 참된 가치가 있기 때문이다.

·

그날 아침 우리의 말 한마디,
다정한 몸짓 하나가 그에게
불행과 고통을 이겨낼 힘을
어쩌면 줄 수 있었으리라.

·

나에게 돈이란

Stefan Zweig

Was mir das
Geld bedeutet

.

1941

🐝

1923년에 나는 1년간 작업한 원고를 라이프치히에 있는 출판사에 보내면서 1만 부 선인세를 요청했다. 수표가 도착한 뒤 현금화하기까지 열흘이 걸렸고, 그러는 사이 돈의 가치가 떨어져 그 금액의 가치는 원고를 보낼 때 썼던 우편요금에도 못 미쳤다. 1년을 바친 노력의 결과가 나흘 만에 사라졌다. 독일-오스트리아 통화인플레이션으로 숫자가 미친 마녀처럼 춤췄기 때문이다.

이해에 사람들은 로스차일드 가문이 최전성기에 누렸던 총자산에 달하는 금액을 거지의 누더기 모자에 던져주었다. 한

때 달걀 한 알 가격이 무려 40억 마르크였는데, 이는 총 인구 6000만을 자랑하는 한 국가의 예전 예산보다도 더 많은 금액이었다. 깨진 창문을 교체하는 비용은 불과 일주일 전의 4층짜리 건물 가격보다 더 비싸졌다. 한때 돈이었던 것이 이제는 무의미한 숫자가 인쇄된 종이 쪼가리에 불과했다. 재산이었던 것이 쓰레기로 전락했다.

독일 정부가 전후 배상금을 청산하는 데 이용하려 했던 이 엄청난 인플레이션은 이제 오래된 옛날이야기가 되었다. 하지만 당시에는 아무도 이 엄청난 사기극을 간파할 수 없었다. 우리가 인식한 것은 돈이 기괴한 방식으로 가치를 잃어가고 있다는 것뿐이었다.

옛 오스트리아에서는 돈이 우리 가족 모두에게 안정감과 편안한 생활 수준, 안전을 제공했었다. 그뿐만 아니라 사회적 존중과 좋은 평판도 주었다. 부는 그것을 축적한 사람들의 특별한 재능과 미덕을 드러내는 눈에 보이는 증거였고, 부자는 가난한 사람과 다르게 걸었다. 허리를 꼿꼿이 세우고 더 당당하게 걸었다.

그러다가 1914년에 전쟁이 일어났다. 초기에만 하더라도 돈은 여전히 순종하는 늙은 하인이었다. 그러나 점차 통화가 비틀대기 시작했다. 그리고 1919년부터는 시간이 갈수록 햇빛 아래 버터처럼 녹아내렸다. 어느 날 아침 우리는 잠에서 깨어나 재산의 절반이 사라진 것을 보았다. 마치 아무도 손대지 않았는데 마구간의 말이 홀연히 사라진 것과 같았다. 인플레이션이 범인이었고, 저녁이 되자 우리의 재산은 다시 그 절반이 되었다. 아침에 3만 마르크를 주고 신문을 샀는데, 저녁에는 5만 마르크를 줘야 했고, 다음날에는 10만 마르크를 내야 했다. 한 번도 본 적이 없는 거액의 지폐가 등장했다. 100만 마르크짜리 지폐. 모두가 백만장자였다. 하지만 아주 잠깐이었다. 일주일 후 100만 마르크짜리 지폐도 가치가 떨어져 수십억 마르크를 내야 했기 때문이다. 이런 광풍에 둘러싸여 우리는 돈을 헤아리고 계산하려 애썼지만 허사였다. 돈이 그렇게 미친 속도로 무너지는 것을 인간의 보통 사고력으로 이해하기는 불가능했다.

지금 그 시절을 돌이켜보면, (절대 잊지 못할 것 같은) 가장 기이한 현상은, 나를 비롯한 다른 수많은 개인의 삶은 거의 아무렇지 않게 계속되었다는 점이다. 물론 가난한 사람들에게는 극도로 힘든 시기였지만, 베를린이나 빈에서는 겉보기에 이렇다 할 변화가 느껴지지 않았다. 삶의 연속성을 유지하려는 의지가 돈의 실패보다 더 강하다는 것이 입증되었다. 기차는 붐볐고, 우편물은 제시간에 도착했고, 제빵사는 빵을 굽고, 농부는 땅을 일구고, 아이들이 잉태되고 태어났으며, 모두가 예전처럼 자신의 소명, 성향, 재능대로 살아갔다. 나는 언제나처럼 열심히 일했고, 어쩌면 심지어 그 어느 때보다 더 훌륭하게 집중해서 일했던 것 같다.

점심값으로 필요한 어마어마한 거액을 당시 어떻게 모았는지 지금은 기억조차 하지 못한다. 하지만 나는 다른 사람들과 마찬가지로 그것을 해냈다. 우리는 비록 돈에 실패했지만, 삶의 용기와 기쁨을 잃지는 않았다. 오히려 돈의 가치가 떨어질수록 삶의 오랜 가치(일, 사랑, 우정, 예술, 자연 등)가 더욱 중요해졌다. 젊은이들은 산으로 하이킹을 갔다가 햇볕에 그을린 행복한 얼굴로 돌아왔고, 댄스홀은 발 디딜 틈 없이 꽉 찼고,

새로운 기업과 공장과 집이 빠르게 늘어났다. 시인과 작곡가들은 계속해서 작품을 창작했고, 우리는 그 어느 때보다 그들에게 감사하며 큰 관심을 보냈다. 돈을 믿지 못하게 되면서 사람들은 여전히 신뢰할 수 있는 것들의 진수를 깨달았다. 그리고 그것의 가치를 보존하고 수호하기 위해 더욱 노력했다.

예전 같았으면 3년은 편히 살 수 있는 거액의 돈뭉치를 내고 빈 오페라 티켓을 샀던 일을 나는 결코 잊지 못할 것이다. 석탄 부족으로 오페라하우스에 난방이 되지 않아 우리는 코트를 입은 채 따닥따닥 붙어 앉았다. 지휘자가 지휘봉을 올리자 갑자기 모든 것이 찬란하고 감격스러워졌다. 음악가들은 그 어느 때보다 훌륭하게 연주했고 가수들은 전에 없이 아름답게 노래했다. 그리고 우리는 그 어느 때보다 더 열정적으로 집중해서 들었다. 불확실성이 어느 때보다 높았던 그날, 나는 이전에도 본 적 없고 이후에도 보지 못한 가장 완벽한 공연을 관람했다.

돈의 미친 죽음의 춤은 3년이나 계속되었다. 그런 다음 예전의 안정된 가격 질서가 다시 돌아왔다. 하지만 돈과 나의 예전 관계는 돌아오지 않았다. 돈의 마력이 완전히 사라졌다. 한때 나는 돈의 힘과 내면 깊은 곳에 자리한 생활감정이 뗄 수 없이 단단히 엮여 있다고 믿었다. 하지만 사실은 그렇지 않다는 것을 단번에 깨달았다.

그 후로 내가 돈을 무시했다고 말하면 거짓말일 터다. 돈이 줄 수 있는 즐거움과 자극을 나는 절대 과소평가하지 않는다. 모든 방문객에게 하듯이, 나는 돈에도 모든 문을 활짝 열어둔다. 하지만 돈은 방문객 그 이상은 아니다. 나는 돈의 주인이 아니고, 돈이 내 삶의 지배자가 되는 것도 원치 않는다. 그날의 경험을 통해 나는 지울 수 없는 교훈을 배웠다. 우리의 진정한 안전은 가진 재산에 있지 않고, 우리가 누구고 어떤 사람이 되느냐에 달렸다.

．

우리는 비록 돈에 실패했지만,
삶의 용기와 기쁨을 잃지는 않았다.
오히려 돈의 가치가 떨어질수록
삶의 오랜 가치가 더욱 중요해졌다.

．

센강의 낚시꾼

Stefan Zweig

Die Angler an der Seine

·

1941

ॐ

　오래전에 프랑스 혁명사를 읽다가 도저히 믿기지 않는 아주 사소한 일화 하나를 발견했다. 내용인즉슨 이랬다. 파란만장한 4년이 지나고 마침내 루이 16세가 처형되는 극적인 날이 왔다. 이른 아침 둔탁한 북소리와 함께 콩코르드광장으로 가는 왕의 마지막 여정이 시작되었다. 광장에는 안달하는 군중들 위로 단두대가 우뚝 솟아 있었다. 왕은 팔이 묶인 채 계단 위로 끌려 올라가고, 번쩍이는 칼날이 떨어지고, 기름 부음 받은 프랑스 왕의 피 묻은 머리가 바구니 안으로 굴러 들어갔다. 군중들은 일제히 열광하며 환호성을 질렀다. 공화국은 최종 승리를 축하했다. 금세기 최대 사건이 그렇게 마무리되었다. 그러나 그 책의 저자가 다소 분개하며 적었듯이, 역사적으로 잊을 수 없는 이 순간에 콩코르드광장과 단두대에서 엎어지면 코 닿을 곳에 있는 센강에서 수많은 낚시꾼이 여느 때와 마찬가지로 낚시를 하고 있었다. 그들은 이 대단한 광경에 등을 돌리고 서서 강물에 떠 있는 코르크 찌만 노려보았다. 국가 최대의 역사적 사건이 일어났음을 알리는 군중의 환호에도 그들은 고개조차 돌리지 않았다.

젊은 시절 이 사소한 일화를 처음 읽었을 때 나는 사실이라고 믿고 싶지 않았다. 내 안에서 거부감이 일었다. 역사적 순간에 그런 이기적인 무관심이라니, 말도 안 되었다. 19세기 말, 평화롭고 조용하고 전혀 극적이지 않은 분위기에서 자란 나는, 프랑스혁명과 나폴레옹전쟁이라는 극적인 시대에는 유럽 사람 모두가 분명 끊임없는 열기 속에 살았을 거라고 믿었다.

내가 상상했던 그날의 파리는 대략 이런 모습이었다. 주인 없는 가게, 아무도 없는 작업장, 텅 빈 선술집, 왕의 마지막을

보려고 달려가는 군중, 각자의 정치적 견해에 따라 열광하거나 절망하며 단두대를 바라보는 사람들. 당시 콩코르드광장에서 벌어진 대사건 대신 낚시 같은 사소하고 전혀 긴급하지 않은 일에 관심을 쏟았던 사람이 단 한 명이라도 있었다는 것이 내게는 완전히 터무니없어 보였다.

하지만 직접 겪어본 사람만이 역사를 진정으로 읽고 이해할 수 있는 것 같다. 지금의 나는 모든 역사책이 센강의 낚시꾼에 관한 그날의 사소한 일화를 빼놓지 않고 다루기를 바란다. 우리가 지금 겪고 있는 일에 비추어 볼 때, 그 일화는 사실임이 분명할 뿐 아니라 없어서는 안 될 역사적 진실인 것 같다. 우리는 현재 매일 역사 속에서 교훈을 얻고 있기 때문이다. 우리는 적어도 프랑스혁명이나 종교개혁 못지않게 극적인 시대에 살고 있다. 지금 시대에도 매주, 매일이 역사적 사건들로 가득하다. 수백 년 된 제국이 무너지고, 인간의 자유를 빙자한 사상 최대의 전쟁이 진행 중이다. 매일, 매시간 새로운 긴장이 닥치고, 후세의 젊은이들은 이 엄청난 세계적 격변을 목격하고 거기에 참여한 우리를 무척이나 부러워할 것이다.

그런데 이 시대의 우리는 정말로 세계적 격변을 모두 목격하고 그것에 빈틈없이 참여하고 있을까? 아니면 이렇게 묻는 게 더 낫겠다. 이 시대의 우리는 쏟아지는 이 모든 사건을 매일, 매시간 주의를 기울여 따라갈 여력과 참여의식을 충분히 가졌을까? 솔직하게 자문해 본다면, 우리 중 누구도 이렇게 끊임없이 닥치는 높은 긴장에 대처할 여력이 없고, 우리는 그저 이따금 좌절과 절망의 눈으로 사건을 바라볼 뿐임을 깨닫게 될 것이다.

이 시대의 대다수는 역사가 아니라 언제나 오직 자신의 삶을 산다. 우리가 우리 자신을 관찰한다면, 매시간 예측할 수 없는 끔찍한 일이 일어나고, 배가 침몰하고, 무방비 상태의 아이들이 폭탄에 죽고, 수천 명이 추격을 당하고, 제국이 무너지고, 모든 권리와 인도적 관습이 무시되는 지금 1940년에, 극장과 유흥업소, 해변, 거리가 '비역사적'인 평화로운 시대와 똑같이 바쁜 사람들이나 심심한 사람들로 붐빈다고 고백할 수밖에 없다. 이는 중립국뿐 아니라 전쟁 중인 나라에서도 마찬가지다. 평범하지 않은 사건들이 사방에서 벌어지더라도 일상생활은 평범하게 계속 이어진다. 처음에는 이해하지 못했던 이런 동시성을 나는 한 신문에 실린 항공사진을 보고 명확히 이해했다. 사진에는 살인적인 폭격이 쏟아지는 참호와 옆 들판에서 일하는 농부가 같이 담겼는데, 농부는 아무 일 없다는 듯 말을 끌며 밭을 갈고, 콩코르드광장에서 왕이 처형될 때 센강의 낚시꾼들이 했던 것과 똑같이 폭격에는 눈길조차 주지 않았다. 그러므로 역사적 시대의 모든 낭만적 상상을 진실에 맞게 지우면, 역사적 사건이 벌어지는 바로 그 시대를 사는 사람들은 사건을 경험하고 그에 참여하기보다 오히려 그것을 잊으려 애쓴다고 고백할 수밖에 없다.

이는 우리 모두에게 언뜻 부끄러운 고백처럼 보인다. 자기 시대에 진정으로 관심을 두고 참여하고 동시대 사람의 공포와 괴로움에 진심으로 공감하는 능력을 대다수 사람이 거부하는 것처럼 보이기 때문이다. 그러나 이는 부당한 비난이다. 사람들 대부분은 평범하지 않은 모든 사건에 관심을 둘 의향이 매우 강하고, 그것에 몰두하고 참여하려는 의지가 있으며,

심지어 그것을 소망한다. 그러나 동시에 우리는 모두 더 강한 자연법칙의 지배를 받는다. 이 자연법칙은 우리의 참여 의지와 공감 능력을 현명하면서도 경제적으로 제한한다. 강한 흥분이 연속되면 필연적으로 피로가 누적되고, 너무 오래 계속되는 과도한 긴장은 일종의 마비를 일으킨다. 2000년 전에 이미 그리스 극작가들은 이것을 비극의 법칙으로 알고 있었다. 소포클레스와 아이스킬로스는 극의 길이를 두 시간, 길어야 세 시간으로 제한해야 하는 이유를 잘 알고 있었다. 비극이 한없이 길어지면, 그것에 몰두하는 능력이 오히려 감소하기 때문이다. 오늘날 우리는 모두 이 숙명적 비율을 체감하고 있다. 세계의 극이 길어질수록 장면은 점점 더 끔찍해지고, 사건이 자극적일수록 그것을 진심으로 연민하는 능력이 더욱 줄어든다. 전쟁에 대한 끊임없는 생각은 마음을 파괴하고, 시대가 우리에게 연민을 더 많이 요구할수록, 우리의 지친 영혼이 느낄 수 있는 연민은 더 줄어든다.

그러므로 전쟁 첫해 말에 우리가 더는 전쟁에 신경 쓰지 않았던 것처럼 보였다면, 그것은 우리가 비인간적이어서가 아니라, 작은 심장 하나를 가진 인간이기 때문이다. 우리의 심장은 너무 작아서 일정량 이상의 불행을 감당하지 못한다. 공감 능력이 부족해서가 아니라, 그런 '역사적 시대'에 너무 많은 일이 벌어지기 때문이고, 우리의 마음이 당장 벌어지고 있는 일에서 잠시 떠나 아무런 감정도 일지 않는다면, 이는 그것을 감당할 힘이 부족하기 때문이지 선한 의지가 없어서가 아니다.

　모두를 이해시킬 한 가지 예를 들면 이렇다. 전쟁이 발발하기 몇 달 전에, 90~100명을 태운 잠수함 테티스가 영국에서 침몰했다. 당시 나는 런던에 있었고, 도시 전체, 심지어 나라 전체가 이 사건에 지배되는 모습을 볼 수 있었다. 길모퉁이에서 행인들이 신문 판매원의 손에서 신문을 낚아채 읽었다. 극장과 영화관이 텅 비었다. 사람들은 갇혔거나 죽기 직전이거나 이미 죽었을 90여 명의 운명 외에 아무것도 생각할 수 없는 것 같았다. 그저 그런 시시한 영화를 본다거나 자기 일에 몰두하는 것이 갑자기 참을 수 없는 비인간적인 일이 되었고, 모든 사람이 이 사건에 얼마나 충격을 받았고 얼마나 진심으로 몰두하는지 확연히 드러났다. 그들은 넋이 나간 눈빛이었고, 걸음걸이도 달라졌으며, 모두가 저마다 이 작은 배와 수십 명의 사람을 생각하고 있었다. 비좁은 공간의 희박한 산소, 구조의 기적을 여전히 희미하게 기대하며 점점 마비되어 가는 의식, 해변에 서서 기다리며 몇 안 되는 구조된 사람 중에 혹여 자기 자식이나 남편이 있기를 기대하는 어머니와 여인 들을, 저마다 자기 방식으로 상상했다. 4000만 영국인이 이삼일 동안 이 90여 명과 함께 살았고, 거대한 함대에 딸린 작은 배 한 척 때문에 온 나라가 고통 속에 온 신경을 곤두세웠다. 그러나 몇 달 후 전쟁이 시작되었고, 매주 영국이든 프랑스든 독일이든 적어도 잠수함 한 대가 침몰했으며, 그 안에 있던 사람들이 똑같이 고통을 겪으며 구조를 기다렸고, 끝내 죽음을 맞았다. 연민의 힘은 발휘될 때마다 점점 더 많이 소모된다. 사람들은 이런 소수의 불운을 매번 함께 괴로워하며 상상하고 공감할 수는 없었고 그러고 싶어 하지도 않았다. 세계의 재앙이 길어질수록 고통과 연민 사이의 비례 관계가 점점 깨졌다.

전쟁이 발발하고 1년이 지난 지금, 수천 명의 죽음에서 느끼는 감정은 이전에 수백 명의 죽음에서 느꼈던 감정보다 훨씬 약해졌다. 신문 보도는 아무 감흥도 불러일으키지 않고, 뇌에만 도달할 뿐, 피로한 상상력과 과로에 지친 피곤한 심장에는 닿지 않는다. 그리고 지금 내가 무엇을 가장 깊이 괴로워하는지 자문하면, 목숨은 물론이고 다른 사람의 고통에 연민을 느끼는 공감 능력까지 죽이는 이 엄청난 고통의 시대에, 모든 일에 연민을 느낄 여력이 더는 남아 있지 않은 것이라고 고백할 수밖에 없다.

그래서 한때 몹시 경멸했던 센강의 낚시꾼들을 문득문득 떠올리게 된다. 그들을 경멸한 것이 어쩌면 너무 부당했던 게 아닐까? 분명 그 낚시꾼들도 늘 그날처럼 시대에 무관심하진 않았을 터다. 그들은 혁명 첫해에 열성 시민으로서 바스티유 습격 때 노래를 부르며 민중의 첫 승리에 동참했을 것이고, 혁명의 첫해와 이듬해까지도 열정적으로 모든 집회에 참석해 연설을 들었을 것이고, 열광에 찬 이 시기에는 회합과 그날의 행사에 참여하기 위해 종종 낚싯대, 장사, 사업, 오락을 뒤로

했을 것이다. 그러나 4년쯤 이르자 피로감이 밀려왔고, 어쩌면 미미한 익명의 소시민인 자신들이 역사적 시대에 얼마나 무력하고 무의미한 존재였는지 깨달았을 테고, 해석하기도 힘든 정치적 사건에 무의미하게 몰두하기보다 차라리 자기 일에, 조용하고 사적이며 눈에 띄지 않는 일상생활에 집중하는 편이 낫다고 생각했을 터다. 그리고 이는 결국 더 강한 자연의 의지에 순종하는 것이었다. 자연의 의지는 연속성이기 때문이다. 자연은 어떤 중단도 용납하지 않는다. 자연은 사람들 일부가 무참히 파괴되더라도, 나머지 사람들은 끈기 있게 인내하며 일상생활을 이어나가길 요구한다. 우리가 때때로 시대에 무관심해 보인다면, 그것은 자기 피조물의 고통에 무관심한 자연의 잘못이다. 그리고 무너져 가는 세계의 폐허를 계속 노려보는 대신 더 나은 새로운 세계를 건설하려고 노력할 때 비로소 우리는 거부할 수 없는 자연의 명령에 순종하게 된다.

．

우리의 심장은 너무 작아서
일정량 이상의 불행을 감당하지 못한다.

．

영원한 교훈

Stefan Zweig

Eine nachhaltige Lektion

.

1940

𝕏

우리는 어떤 상황이나 만남이 우리 삶에 어떤 결정적 영향을 미쳤는지 되돌아보는 시간을 이따금 가져야 한다. 왜 이 직업 또는 저 직업을 선택했고, 왜 이 도시, 이 집을 선택했을까? 삶의 최종 방향을 제시한 결정적 계기는 실제로 무엇이었을까? 종종 (아마도 거의 항상) 그것은 소소한 사건이고, 너무 사소해서 나중에는 기억도 잘 나지 않는다. 어떤 사람에게는 누군가와의 만남 또는 책에서 읽은 일화나 대화에서 들은 한마디이고, 또 어떤 사람에게는 전혀 예상치 못한 순간에 발견한 자신의 취향과 재능이다. 그러나 우리가 무엇이 되고 어떻게 변하든 항상 그리고 누구에게나 시작점, 첫 번째 방향을 제시한 순간이 있기 마련이다. 우리는 적어도 스스로 지난 세월의 잔해 속에서 이 첫 번째 순간을 찾아내, 무엇이 우리의 특별한 삶의 방식을 탄생시켰는지 자신에게 또는 자식이나 친구들에게 설명할 수 있어야 한다.

그래서 나도 한 위대한 사람에 대한 감사의 마음을 담아, 그리고 누구나 아무런 의도 없이 자기도 모르게 다른 사람을 도울 수 있다는 것을 보여주기 위해, (단테가 『새로운 인생』에서 언급한) 리브로 델라 메모리아libro della memoria, 즉 내 기억의 책에서 이 페이지를 찾아보려 한다.

당시 나는 스물다섯 살쯤이었고, 대학 시절 시와 문학작품을 몇 편 쓰기도 했고 발표도 했지만 큰 자신감은 없었다. 내 작품을 칭찬하는 사람들이 더러 있었고, 어떤 작품들은 내 맘에도 썩 들었다. 하지만 마음속 깊은 곳에서는 아직 부족하다고 느꼈다. 나와 내 작품에는 강렬한 한 방이 될 만한 뭔가 결정적인 것이 빠져 있고, 내가 쓴 모든 것이 진짜를 위한 일종의 연습에 불과하다는, 어디에서 비롯되었는지 알 수 없는 일종의 낭패감에 사로잡혀 있었다.

당시 나는 파리로 유학을 가서 시인들과 학도들을 만나 계속 배우고 썼다. 어느 날 저녁 우리는 벨기에의 위대한 시인 에밀 베르하렌Émile Verhaeren과 둘러앉아 예술을 논했다. 나보다 나이가 많은 한 화가가 르네상스 이후 조형예술이 계속 쇠퇴하고 있다고 불평했는데, 젊고 열정적이며 전투적이었던 나는 젊은이들이 늘 그렇듯 격렬하게 반박했다. 바로 이 도시에 로댕 같은 조각가가 살지 않느냐, 그가 과거의 가장 위대한 인물인 미켈란젤로나 도나텔로와 어깨를 나란히 하지 않느냐, 그의 〈생각하는 사람〉, 〈발자크상〉은 대리석만큼 영원히 남지 않겠냐며 열변을 토했다. 나는 너무 격앙된 나머지 베르하렌의 잔잔한 미소를 알아차리지 못했다. 마침내 나의 열정적 반박이 끝나자 베르하렌이 자상하게 내 어깨를 두드려주었다.

"내일 오전에 로댕의 작업실에 갈 예정인데, 원한다면 같이 갑시다. 그토록 존경하는 사람인데, 당연히 만나봐야 하지 않겠어요?"

나는 너무 기뻐서 거의 충격을 받았다. 로댕을 그의 작업실에서 만날 수 있다니, 그것은 아직 아무것도 제대로 이루지 못한 것 같은 답답한 마음을 가진 나 같은 젊은이는 감히 꿈도 꿀 수 없는 일이었다.

다음 날 아침 우리는 바렌 거리에 있는 로댕의 작업실, 아니 더 정확히 말해 그의 열한 개 작업실 중 한 곳으로 갔다. 그는 각각의 작업실에서 각기 다른 작업을 했는데, 언제 어느 작업실에서 일할지 아무에게도 말하지 않아 귀찮은 방문객의 방해를 확실히 차단할 수 있었다. 베르하렌은 로댕에게 나를 데려온 것에 대해 사과하고, 나를 예술에 관심이 많은 젊은 열성팬이라고 소개했다. 나는 너무 당황한 나머지 아무 말도 할 수 없었고, 두 친구가 이야기를 나누는 동안 그토록 많은 아름다운 작품을 빚은 로댕의 손, 무겁고 딱딱한 점토를 닮은 조각가의 손을 슬쩍슬쩍 훔쳐볼 뿐이었다. 나는 내내 불필요하고 성가신 훼방꾼이 된 기분이었지만, 아마도 이런 공경과 겸손의 태도가 로댕의 맘에 들었던 것 같다. 헤어질 때 로댕이 예기치 않게 내게 돌아서서 이렇게 말했기 때문이다.

"분명 내 작품을 보고 싶었을 텐데, 안타깝게도 여기에는 보다시피 아무것도 없어요. 하지만 일요일에 뫼동에 있는 우리 집에 저녁 먹으러 오세요. 거기라면 식사 후에 몇 가지를 보여줄 수 있어요."

위대한 사람들은 거의 항상 매우 친절하다. 그리고 과하게 나서지 않는 사람에게 본능적으로 관대하다. 이것이 첫 번째 교훈이었다.

두 번째 교훈은 프랑스의 일반 주택보다 크지도 화려하지도 않은 로댕의 뫼동 집에서 배웠다. 자기 일에 전념하는 사람은 언제나 큰 욕심 없이 소박하게 산다. 작은 식탁에서 평범하게 먹고 가볍게 포도주를 마셨는데, 바로 이런 소박함이 내게 편히 얘기할 수 있는 용기를 주었다. 나는 내 앞에 앉은 이 반백의 소박한 남자가 아마도 당시 가장 유명한 예술가일 거라는 사실을 완전히 잊어버렸다. 나는 로댕이 한 번도 본 적 없고 그래서 간절히 보고 싶어 했던 장크트볼프강성당에 있는 미하엘 파허Michael Pacher의 제단에 관해 설명했는데, 그때 내가 인식한 것은 그의 덥수룩한 눈썹 아래에서 나를 격려하며 바라보는 부드럽고 따뜻한 눈빛뿐이었다. 미하엘 파허가 1471년부터 1481년까지 무려 10년 동안 잘츠부르크의 외딴 마을에서 이 제단을 작업했다고 말하자, 그의 눈빛이 진지해졌다.

"한 작품에 10년이라면, 그렇게 혼자 일하며 살 수밖에 없었겠군요. 그게 옳은 일이겠죠." 그는 생각에 잠긴 듯 거의 경건한 표정으로 말했다.

저녁 식사 후 로댕은 나를 넓은 작업실로 안내했다. 투박한 유리 건물로, 그 안에는 거대한 작품 옆에 팔, 손, 손가락 하나, 관절, 중단된 미완성 작품 등 수백 가지 시험 작품과 조형물이 즐비했다. 탁자 위에는 드로잉과 스케치가 잔뜩 쌓여 있었다. 그의 끊임없는 탐구와 노력의 전 생애가 마치 박물관처럼 이곳에 모여 있었고, 방금 시작된 것과 완성된 것, 토르소와 깨진 잔해가 하나의 세계를 이루었다.

그는 내게 몇 가지를 보여주면서 설명했다. 그런 다음 내게 수십 년 동안 중대한 영향을 미친 그 기이한 경험이 갑자기 시작되었다. 전혀 예기치 않게 펼쳐진 것이다.

로댕은 작업실에 들어서자마자 회반죽과 점토에 옷이 더러워지지 않도록 리넨 가운을 걸쳤다. 평범한 노인에서 조각가로 변신한 그는 여전히 젖은 헝겊에 싸여 있는 작업대 앞에 멈춰 섰다. 그리고 헝겊을 걷어내 점토로 정교하게 빚은 여성의 몸통을 보여주며 말했다.

"가장 최근에 작업한 거예요. 완전히 끝냈다고 생각해요."
회색 턱수염이 덥수룩한 덩치 큰 노인이 자기 작품을 한눈에 살피기 위해 두 걸음 뒤로 물러났다.

"맞아요, 완성한 것 같아요." 그가 반복했다. 그러나 잠시 긴장된 표정을 지은 후 혼잣말을 했다.

"딱 저기 어깨선만, 저기만 너무 거칠어 보이는군요. 잠시 실례하겠습니다."

그는 조소 주걱을 집어 들었다. 주걱으로 부드러운 점토 위를 가볍게 쓸어내려 피부에 은은한 윤기를 더했다. 그의 두툼한 양손은 마치 잠에서 깨어난 것처럼 민첩해졌고, 그의 두 눈은 불타기 시작했다.

"그리고 여기, 그리고 여기도."

그는 계속 고치고 다듬었다. 그는 다시 고치고, 가까이에서 보고, 물러나서 확인하고, 작업대를 돌리고, 중얼거렸다. 목에서 꿀꺽대는 이상한 소리가 났고, 이내 눈빛이 빛났고, 다시 화를 내며 눈썹을 찌푸렸다. 그는 점토 한 줌을 반죽하여 작품에 덧입히고 거기서 다시 조금씩 긁어냈다. 그는 자기도 모르게 작업을 시작하고 말았다.

그렇게 시작된 작업은 30분, 한 시간, 한 시간 반이 지나도 끝나지 않았다. 그는 내게 아무 말도 하지 않았다. 그는 내가 거기 있다는 사실조차 완전히 잊었고, 나는 그런 모습에 충격과 감동을 동시에 받았다. 그는 자기가 초대한 손님이 뒤에서 보고 있다는 것을 전혀 감지하지 못했고, 낮인지 밤인지조차 몰랐으며, 시간도 장소도 잊었다. 그는 오로지 자신의 작품과 그 너머에 보이지 않게 존재하는, 그가 성취하고자 했던 더 높고 더 진실한 형태만 응시했다. 그의 육중한 몸이 가볍게 움직였고, 어떤 깨달음이 흡사 술에 취한 듯한 그의 존재를 감쌌다. 아무것도 모르고 아무것도 인식하지 못한 채, 마치 천지창조 첫날의 신처럼 홀로 창조 작업에 전념했다. 시간과 공간과 세상을 그토록 완벽하게 잊을 수 있다니, 젊은 나로서는 처음 경험하는 큰 충격이었다. 그 한 시간에 나는 세상의 모든 예술과 성과의 궁극적 비밀을 확실히 이해했다. 그것은 바로 집중이었다. 크든 작든 어떤 작업이든, 수행하기 전에 마음을 가다듬어야 한다. 너무 자주 수백 가지 사소한 일에 분산되고 쪼개지는 의지를 진정으로 원하는 한 가지에 집중하는 영혼의 결단이 있어야만, 오직 그런 결단력으로만 진정으로 일할 수 있다. 손님에 대한 무례일 수도 있지만, 그는 나를 완전히 잊었고, 그렇게 나는 없는 사람처럼 위대한 대가 뒤에 숨을 죽이고 주변의 대리석처럼 꼼짝도 하지 않고 서 있었다. 그 한 시간에, 나는 지금까지 내게 없었던 것이 무엇인지 깨달았다. 완벽을 향한 의지로 모든 것을 잊는 열정! 크든 작든 자기 일에 완전히 몰입할 수 있는 사람만이 그 일을 제대로 해낼 수 있다. 다른 마법은 없다. 나는 그 한 시간에 이것을 깨달았다.

마침내 그가 뒤로 물러섰다. 한 시간 반이 지났다. 그는 다시 한번 더 작품을 응시했다. 이전과는 다른 눈빛이었다. 탐색하고 괴로워하는 고집스러운 모습이 아니었다. 사냥꾼의 긴장된 눈빛이 아니라 힘겨운 전투를 끝낸 승자의 만족하면서도 녹초가 된 모습이었다. 그는 안도의 숨을 내쉬며 주걱을 내려놓고 젖은 헝겊을 가져와, 사랑하는 여인의 어깨에 레이스 베일을 두르듯 세심하고 부드럽게 조형물을 다시 감쌌다. 그런 다음 돌아서서 문 쪽으로 갔다. 그는 다시 이전의 덩치 큰 노인으로 돌아왔다. 문 앞에 거의 도달한 순간 그는, 큰 흥분에도 소리 없이 꼼짝 않고 한 시간 반 내내 그의 뒤에 서 있었던 나를 인식했다. 누구지? 저 낯선 젊은이는 어떻게 여기 들어와 있지? 이렇게 묻는 표정으로 그는 나를 빤히 쳐다보았다. 그러다가 자신의 무례를 기억해 내고 깜짝 놀랐다.

"미안해요. 까맣게 잊고 있었네요. 하지만 이해하실 거라 믿어요……."

그는 계속 해명하려 했지만, 나는 너무 기뻐서 그의 손을 덥석 잡고 감사를 전했다. 그가 나를 잊고 작업에 몰두한 것이 내게는 인생 최대의 교훈이 되었음을 그도 알았던 것 같다. 내게 다정하게 미소를 지었고, 작업실에서 나를 데리고 나가면서 육중한 팔로 내게 어깨동무를 했기 때문이다.

그의 작업실에 머물렀던 그 한 시간에 나는 학교에서 여러 해 동안 배웠던 것보다 더 많은 것을 배웠다. 그때 이후로 나는 인간의 모든 일이 어떻게 수행되어야 선하고 유효할 수 있는지 알았다. 자기 자신과 모든 목표 및 목적을 완전히 잊고, 오직 도달할 수 없는 궁극적 목표인 완벽을 향해 나아가야 한다.

．

그는 오로지 자신의 작품과

그 너머에 보이지 않게 존재하는, 그가 성취하고자 했던

더 높고 더 진실한 형태만 응시했다.

．

알폰소 에르난데스
카타를 위한
추도사

Stefan Zweig

　알폰소 에르난데스 카타의 유럽 친구들을 대신해 이 자리에서 그의 삶과 활동에 감사를 표하는 것은, 그의 책과 삶에서 그를 만났고 이런저런 이유로 그를 사랑했던 수많은 사람을 대변하는 일이기도 할 것입니다. 그는 모든 사람이 그를 쉽게 사랑할 수 있게 해주었습니다. 그랬던 만큼 오늘날 우리는 그 없이 살아가기가 참으로 힘듭니다.

　보기 드문 예술가 알폰소 에르난데스 카타는 성품이 호탕했고, 자신의 내적 풍요와 충만한 감성을 모든 사람과 공유하고자 했고, 친절이 넘쳐흘렀으며, 비교할 수 없는 선함을 끊임없이 발산하여 만나는 모든 사람의 마음을 따뜻하게 하고 활력을 불어넣었습니다. 선함과 배려가 숨 쉬는 것만큼 자연스러운 그가 이웃과 가족, 친구들에게 어떤 존재였는지는 굳이 말할 필요도 없을 것입니다. 직원과 하인이 그를 얼마나 존경했고, 그저 스치듯 만났던 사람들조차 감사의 눈으로 그를 바라보았다는 사실을 모두가 알 것입니다. 그는 모든 사람, 심지어 낯선 사람에게도 호의를 베풀고 친절한 말과 따뜻한 몸짓을 전해주고자 했습니다. 그는 자신이 행복해지기 위해 주변의 모든 사람을 행복하게 만드는 그런 사람이었습니다. 그는 오직 친절과 인간애 속에서만 살 수 있었고, 어디에 머물든 주변 분위기를 순수하고 따뜻하게 만들었습니다.

어쩌면 선함은 우리가 생각하는 것만큼 그렇게 드물지 않을 수도 있습니다. 다만 자연의 많은 것이 그렇듯, 알폰소 에르난데스 카타가 실천하며 살았던 그런 고귀한 형태의 선함은 매우 드물 것입니다. 흔히 선함은 약한 마음, 다른 사람의 강한 요구에의 굴복, 수동적 태도, 심지어 약점으로 취급됩니다. 하지만 알폰소 에르난데스 카타의 선함은 미덕이자 힘이었습니다. 그의 선함은 능동적이었고, 치유와 격려의 힘을 신비하게도 늘 균일한 규모와 강도로 발산한다는 의미에서 나는 그의 선함을 심지어 방사능 같다고 말하고 싶습니다. 자신을 더 많이 내어줄수록 그는 더욱 그 자신으로 남았습니다. 그것은 늘 활동하는 깨어 있는 선함, 그에게 중요한 모든 사람에게 기쁨을 주는 선함이었습니다. 그것은 그저 한 인간의 선함이 아니라, 한 시인의 선함이자 상상력이 풍부한 본성에서 나오는 선함, 가장 귀중한 작은 감탄을 끊임없이 자아내는 생산적인 선함, 의식적으로 고안된 지적인 선함, 언제나 대상이 명확한 선함이었습니다.

당연히 우리의 알폰소 에르난데스 카타는 세상을 향해 늘 양팔을 활짝 열고 모르는 사람에게 무작정 다가가는 순진한 사람이 아니었습니다. 그는 자신의 존재로 삶의 깊숙한 곳을 건드렸으므로, 누구보다도 세상과 인간을 잘 알고 있었습니다. 그는 젊은 시절 절망에 가까운 극심한 빈곤을 겪었습니다. 굶주림과 궁핍, 딱딱한 벤치에서 밤을 보내야 하는 빈곤이었지만, 이 혹독한 시절조차 그를 괴팍하게 만들지 못했습니다. 그리고 나중에 그는 가장 영향력 있는 사람으로 공경받는 지위에 올랐고, 연극의 승리와 중의적 의미의 명성을 만끽할 수 있었습니다. 그러나 이 시절도 그를 오만하게 만들지 않았습니다. 삶의 정점에서도 깊은 나락에서도 그는 어떤 정당, 집단, 파벌에 얽매이지 않고 예술가에게 허용된 유일한 자부심인 빛나는 도덕적 독립을 지키며 앞을 똑바로 직시했습니다. 그 무엇도 그를 속이거나 미혹할 수 없었습니다. 세상을 관찰하는 그의 온화하고 짙고 따뜻한 두 눈은 한결같이 맑았습니다. 그는 모든 것을 지켜보았고, 어떤 것도 그의 주의 깊은 시선을 피할 수 없었습니다. 그는 말하면서 동시에 모든 사람의 얼굴에 숨겨진 표정을 읽었고, 가장 작고 가장 사소한 것들까지 모두 알아차렸으며, 정말로 모든 것을 기억했습니다. 나는 그의 경이로운 기억력에 자주 깜짝깜짝 놀라곤 했는데, 그는 몇 년 전에 읽은 모든 시, 모든 책, 모든 대화를 기억했습니다. 그는 모든 소나타와 모든 교향곡의 모든 소절을 알고 있었고, 어떤 음악가가 그것을 어떻게 연주했는지도 알았습니다. 한번 그에게 인식된 것은 절대 잊히지 않기 때문에, 그는 자신의 과거 전체를 생생한 현재로 간직했고, 언제 어디서든 자신만만하게 펼쳐 볼 수 있는 책처럼 지니고 다녔습니다. 나는 그처럼 선명하고 생생한 기억을 풍부하게 가진 사람을 만난 적이 없습니다. 그의 기억은 비길 데 없는 보물창고였고, 그 덕분에 그는 예술가로서 수년의 창작 생활에도 자신을 빈약하게 하지 않으면서 세상을 풍요롭게 할 수 있었습니다.

그런 눈빛, 그런 기억력, 그런 비범한 감성, 그런 따뜻한 심장을 가진 그는 처음부터 예술가가 될 운명이었습니다. 그는 타고난 이야기꾼이기도 했고, 그렇기에 위대한 작가가 된 것입니다. 그의 강연에서 잘 드러났듯이, 그는 그냥 편하게 말하는 것 같지만, 그의 연설은 세련되고 빛나는 어휘와 형식으로 이루어졌습니다. 그가 들려준 소소한 일화는 예술 작품이 되었고, 그의 타고난 본능이 모든 소재를 자연스레 강조하고 그 강도를 적절히 조절했습니다. 그러므로 그의 이야기와 소설이 크게 성공한 것은 당연한 결과입니다.

지어낸 모든 이야기가 진실처럼 보였고, 도저히 믿을 수 없는 일도 믿을 만한 것으로 바뀌었습니다. 독자들은 자신이 그 사건들을 직접 목격했다고 느꼈습니다. 그렇기에 그는 전 세계 언어로 번역되어 많은 신뢰와 사랑을 받은 최초의 라틴아메리카 작가가 되었습니다. 그는 조국에 있는 친구들 외에도 영어권, 프랑스어권, 독일어권, 그리고 이곳 브라질에서도 많은 친구를 얻었습니다. 외교적 의미뿐 아니라 문학적 의미에서도 그는 조국에 훌륭하게 봉사했습니다. 조국을 국경 너머 널리 알리고, 자신의 세계문학과 조국을 연결하여 그 위상을 높인 사람보다 궁극적으로 조국에 더 잘 봉사하는 사람은 없기 때문입니다.

그가 아무리 많은 일을 했더라도, 아직 해야 할 일이 많이 남아 있습니다. 그리고 다시 자신감을 되찾기 위해 그 어느 때보다 순수한 예술가와 인간미 넘치는 사람이 필요한 이 시대에, 우리는 그가 세상에 베풀 수 있는 일이 얼마나 많이 남았는지 생각하며 안타까워하지 않도록 마음을 다잡아야 합니다.

이제 끝났습니다. 오늘날 만연한 부조리는 꼭 필요한 사람을 우리에게서 빼앗아 가기 위해 에테르의 무한한 공간에서 그를 찾아다녔고, 결국 그에게도 불리하게 작용했습니다. 이제 그와 영원히 작별해야 하는 쓰라린 의무가 우리에게 남았습니다. 유럽의 패배한 세대인 우리는 사실 체념의 기술을 오래전에 체득했습니다. 지난 몇 년 동안 소중했던 수많은 이들과 헤어질 수밖에 없었으니까요! 우리는 조국, 언어, 지위, 집, 그리고 그 외 많은 것을 잃었고, 젊은 시절 품었던 희망, 꿈꿨던 이상이 사라지는 걸 목격했으며, 믿음과 신뢰를 잃었습니다. 우리는 여러 해 동안 그렇게 살 수밖에 없었습니다. 순순히 작별하고 무심하게 체념하는 것이 이미 습관이 되어버린 것입니다.

그러나 알폰소 에르난데스 카타와 작별하는 고통 속에서 우리는 진정으로 존경받고 사랑받았던 이 사람이 얼마나 훌륭하고 돌이킬 수 없는 존재인지 깨닫게 됩니다. 지금 우리 심장이 아무리 지쳤더라도 체념하지 않고 그가 존재했었노라고 말하기 때문입니다. 만약 그가 완전히 떠났음을 우리 심장이 인정하지 않는다면, 그것 역시 옳습니다. 그가 창조한 모든 것, 그가 했던 모든 활동이 우리 안에 살아 있고, 앞으로 우리가 어떤 예술가의 모범적인 태도를 칭찬하려 할 때마다, 충성스럽고 잊을 수 없는 우리의 친구 알폰소 에르난데스 카타를 생각나게 하는 사람이라고 평하게 될 것입니다.

．

지금 우리 심장이 아무리 지쳤더라도
체념하지 않고 그가 존재했었노라고
말하기 때문입니다.

．

거대한 침묵

Stefan Zweig

Das große Schweigen

.

1940

※

　오늘날 발언의 자유를 가진 모든 사람의 첫 번째 의무는, 이런 당연한 권리를 빼앗겨 직접 발언할 수 없는 수많은 사람을 대신하여 발언하는 것이라고 나는 믿는다. 역사상 지금처럼 광범위하게 조직적이고 체계적으로 이런 식의 폭력이 자행된 적이 없었다. 그러므로 나는 내 목소리가 입이 틀어막히고 억눌린 중부 유럽의 4000만, 5000만 희생자들의 목소리가 되도록 노력할 것이다. 희생자는 어쩌면 4000만, 5000만 그이상일 수도 있다. 모든 권리를 공격하고 죽이는 행태가 현재 끔찍할 정도로 너무 과하여, 얼마나 거대하고 견고한 침묵 지대가 유럽 한복판에 만들어졌는지 상상하기조차 어렵다. 북극의 냉기가 갑자기 내려와 폴란드, 오스트리아, 체코슬로바키아, 덴마크, 노르웨이, 네덜란드, 벨기에 전체를 광활하고 황량한 정적으로 덮어버렸다고 표현할 수 있겠다. 전망은 암울하다. 6000만, 7000만에 달하는 사람들이 이런 타락에 고통받고, 6000만, 7000만이 생각, 소망, 불만, 희망을 표현하지 못한 채 살 것이다. 아니 더 정확히 말해 식물 상태로 살 것이다.

이 비극이 어떻게 시작되었는지 모두가 알고 있다. 바로 독일에서 국가사회주의, 이른바 나치가 등장하면서 시작되었다. 첫날부터 그들이 내건 구호는 이랬다.

입을 틀어막아라!

한 사람을 제외한 모두의 입을 틀어막아라. 예술, 문학, 언론, 심지어 단순한 사적 대화까지 형식 불문하고 자유로운 모든 발언을 근절하라. 모든 표현의 자유를 갈아엎고, 뿌리 뽑고, 파괴하라.

며칠이 지나자 더없이 파렴치한 구호가 이어졌다. 책이 불태워졌고, 학자들은 연구실에서 쫓겨났고, 성직자들은 설교

단에서, 배우들은 무대에서 쫓겨났다. 보도와 집회의 자유가 억압되었다. 아이디어와 작품으로 유럽 문화를 풍요롭게 했던 사람들이 야생동물처럼 사냥당했다. 이런 갑작스러운 증오 폭발은 즉흥적으로 일어난 것이 아니라 아주 작은 세세한 부분까지 정교하고 냉정하게 연출되었기에 더욱 혐오스러웠다. 전 세계가 끔찍한 고통을 받았다. 그것은 마치 큰 충격을 받고 높은 곳에서 추락했다가 다시 일어나 주위를 둘러보며 자문하는 것과 같았다.

"여긴 어디지? 지금이 20세기 맞아?"

그러나 세상에서는 곧 진정시키는 목소리가 들렸다.

"신중해지자. 이것은 독일인만의 내부 문제다. 독일인들이 자기네 나라에서 뭘 하든, 하고 싶은 대로 하게 그냥 두자. 독일인들이 서로 잘 알아서 할 것이다. 국경을 넘지 않는 한, 우리가 상관할 일이 아니다."

심각한 착오다! 어떤 판단을 내릴 때, 내 나라냐 남의 나라냐를 기준으로 삼는 경우 어쩔 수 없이 늘 같은 형태로 발생하는 착오다. 모든 인간은 권리와 신성한 의무를 지닌 불가분

의 통일체고 어떤 깃발과 이름과 이념으로 저질러지든 범죄
는 범죄라는 사실을 망각할 때 발생하는 착오다.

그러나 사상의 자유를 억압하는 탄압과 독일 지식인에게
자행된 폭력은 서곡에 불과했다. 개인과 민족에 가해진 히틀
러의 피비린내 나는 폭압 과정을 모두가 잘 알고 있을 것이
다. 피해자는 바뀌었지만, 방식은 그대로였다. 무자비한 공격
의 대상은 언제나 약소국이었고, 질식 직전의 처절한 비명이
새어 나왔다.

"도와주세요! 도와주세요!"

그다음 침묵, 냉정한 침묵, 완전한 침묵이 흘렀다. 희미한
신음도, 낮은 한숨 소리조차 더는 들리지 않았다. 마치 온 나
라가 도시와 마을과 수백만 국민과 함께 땅속으로 가라앉은
것만 같다. 전보도, 믿을 만한 뉴스도 없다. 친척과 친구들의
목소리가 죽었고, 시인과 작가들의 목소리가 죽었고, 그들의
흔적조차 남지 않았고, 침묵⋯⋯ 어제까지 자유로웠고 우리를
위해 형제처럼 목소리를 냈던 수많은 민족과 국가 위에 오늘
은 침묵이 납처럼 무겁게 놓여 있다.

침묵, 뚫을 수 없는 침묵, 끝없는 침묵, 끔찍한 침묵. 나는 그 침묵을 밤에도 낮에도 듣는다. 그것은 말로 표현할 수 없는 공포로 내 귀와 영혼을 가득 채운다. 그것은 어떤 소음보다 견디기 힘들고, 천둥보다, 사이렌의 울부짖음보다, 폭발음보다 더 끔찍하다. 그것은 비명이나 흐느낌보다 더 신경을 찢고 더 슬프다. 수백만 사람이 이 침묵 속에서 억압받고 있음을 나는 매 순간 깨닫는다. 그것은 고독의 정적과 전혀 다르다. 산, 호수, 숲에 정적이 흐르면, 마치 풍경이 휴식하고 꿈꾸기 위해 숨을 멈춘 것처럼 느껴진다. 이런 정적은 자연스럽다. 그러나 나를 괴롭히고 억압하는 이 침묵은 인위적이다. 강제, 명령, 강요된 위협적 침묵, 공포의 침묵이다. 거짓으로 직조된 거대한 장막 아래에서 나는 생매장되지 않으려는 사람들의 필사적인 몸부림을 본다. 나는 이 침묵 뒤에서 재갈이 물리고 입이 틀어막힌 수백만 목소리의 굴욕과 분노를 인식하고 느낀다. 그들의 침묵이 내 귀를 찢고, 밤낮으로 내 영혼을 때린다.

가끔 잊을 때도 있다. 친구들과 앉아 웃고 떠든다. 하지만 갑자기, 마치 잠에서 화들짝 깬 사람처럼, 즐거운 대화 중에 이 끔찍한 침묵의 소리를 듣는다. 그러면 웃음은 입가에서 얼어붙고, 나는 말을 멈추고 침묵하게 된다. 수백만의 입에 재갈이 물려 있는 동안 말을 하는 것이 내게는 부끄러운 일이고, 그래서 나는 그들의 말을 들으려 안간힘을 쓴다. 그때 나는 어쩌면 같은 시간에 나를 생각하고 있을 사람들을 떠올리고 멀리 있는 그들의 영혼을 내 앞에 불러낸다. 나는 멀리 아주 멀리 떨어져 있는 그들을 떠올리기 시작한다. 나는 프라하를 생각한다. 저기 아래 실험실을 생각한다. 자신의 연구를 내게 설명해 주었던 그 화학자를 생각한다. 실험실은 비었고, 유리병, 유리잔, 유리관이 깨져 있고, 내 친구는 사라졌다. 빈의 한 시인을 생각한다. 그는 강제수용소에 있다. 크라쿠프대학교를 본다. 복도에서 들었던 왁자지껄 즐거운 목소리를 떠올린다. 그 목소리는 질식되었고 그 복도들은 황량하고 조용하다. 독일 점령군의 거대한 지하 감옥에 감금된 친구들의 얼굴, 자세, 움직임을 상상하려 애쓰지만, 틀린 상상임을 나는 알고 있다. 그들의 얼굴이 더는 예전 같지 않고 회색 가면을 쓴 것처럼 지쳐 있음을 나는 안다. 그들이 자유인의 자연스러운 움직임을 빼앗기고 집에 숨어 공포의 그늘에 있다는 것도 안다. 그들은 감히 밖으로 나갈 엄두도 내지 못하고, 거리에는 철모를 쓴 군인들이 지키고 있다. 그들의 귀는 언제나 긴장 상태다. 계단에서 아주 작은 발소리만 들려도, 게슈타포가 체포하러 온 게 아닐까 하는 생각이 든다. 가족끼리 식탁에 둘러앉았을 때도 그들은 감히 입을 열지 못한다. 하녀가 그들을 염탐하고 있을지 모르기 때문이다. 그러니 침묵, 침묵, 침묵.

옆집, 앞집, 도시의 모든 집, 폴란드와 체코슬로바키아, 오스트리아의 모든 도시와 마을의 모든 집에 똑같이 침묵이 흐른다. 그리고 고문 중에 새로운 고문이 있다. 이 사람들은 모두 프랑스나 영국, 그리고 중립국에서 다정한 위로의 목소리가 울려 퍼진다는 것을 알고 있다. 이 목소리는 아주 가까이 있어 쉽게 들을 수 있다. 라디오를 켜기만 하면 그 목소리에서 힘을 얻을 수 있다. 라디오를 켜면 폴란드와 체코슬로바키아에서 자유를 되찾기 위해, 유럽 전체가 강요된 억압에 굴복하지 않기 위해 얼마나 열심히 노력하고 있는지 들을 수 있을 것이다. 그러나 잔혹한 추적자들은 티끌 하나 놓치지 않고 꼼꼼히, 더욱 잔혹하게 고문한다. 라디오를 압수했다. 입을 틀어막는 것만으로는 부족했는지, 귀까지 틀어막아 모든 희망의 소리를 듣지 못하게 했다. 밤이 되어서야 그들은 잠긴 목소리로 속삭이기 시작한다.

"언제 다시 말할 수 있게 될까요? 이 침묵의 고문은 언제 끝날까요?"

이는 이 세상에서 고안된 가장 잔인한 영혼 훼손이다.

때로는 그들 중 한 명이 온갖 위험을 무릅쓰고 철창을 탈출하여 국경을 넘는다. 사람들은 그를 맞이하고 안아준다.

"말해보세요. 무슨 일이 벌어지고 있는지 얘기해 보세요."

사람들이 그에게 말한다. 하지만 그는 말하는 법을 잊었고, 아직 다시 배우지 못했다. 주위를 둘러보는 그의 눈은 마치 여전히 무자비한 경비병의 손아귀에 잡혀 있는 것처럼 공포에 질려 있다. 사람들은 이런저런 소식을 알려달라 조른다. 그는 구체적으로 아는 것이 없다. 어떤 이는…… 사라졌다. 어쩌면 죽었을 수도 있다. 또 어떤 이는…… 투옥되었다. 형제는 형제의 소식을 모른다. 어머니는 자식이 어떻게 되었는지 알지 못한다. 침묵, 그 끔찍한 침묵은 사람들의 모든 연락을 끊어놓았다. 계속 졸라봐야 소용없다. 한 사람이 전할 수 있는 소식은 유럽의 4분의 1을 집어삼킨 이 비참한 바다에서 그저 물 한 방울에 불과하다. 나중에 모든 사실을 알게 되면, 침묵이 삼켜버린 수많은 행복한 사람에 대해 알게 되면, 모두의 자부심이자 신앙이었던 한 세기의 발전과 과학, 예술, 위대한 발명품을 쓸데없는 잔혹함으로 더럽힌 무리는 나중에 자책하며 부끄러워할 것이다.

그러므로 대화를 나눌 때도, 조용히 있을 때도, 낮에도 밤에도, 자신의 피를 한 방울 한 방울 흘려 그것을 말로, 호소로, 기도로 바꿨던 이들을 절대 잊지 말자. 프랑스, 영국, 미국에 사는 우리도 또다시 전쟁의 뒤틀린 구렁텅이에 던져져 고통을 겪고 있고, 우리의 기쁨 역시 암울해지고, 우리의 휴식시간도 고통스러워졌다. 그러나 적어도 우리는 언어를 빼앗기지 않았고, 육체가 폐를 통해 숨 쉬는 것처럼 우리의 영혼은 그 언어를 통해 숨을 쉰다. 영혼이 억압받으면 우리는 말을 통해 그것을 해방할 수 있고, 자신 있게 서로에게 힘을 줄수 있다. 그러나 이 4000만 명의 형제들에게는 약자의 마지막무기인 희망과 기도 외에는 아무것도 남지 않았다. 수천의 가정, 수백만의 마음에서 이런 간절한 비밀 기도가 하늘로 올라갔다. 그리고 영원한 정의가 그들의 침묵의 외침을 듣게 되리라 뜨겁게 확신할 수 없다면, 삶은 내게 아무 의미가 없을 것이다.

．

침묵, 뚫을 수 없는 침묵, 끝없는 침묵, 끔찍한 침묵.

나는 그 침묵을 밤에도 낮에도 듣는다.

그것은 말로 표현할 수 없는 공포로 내 귀와 영혼을 가득 채운다.

그것은 어떤 소음보다 견디기 힘들고, 천둥보다,

사이렌의 울부짖음보다, 폭발음보다 더 끔찍하다.

．

이 어두운 시절에

Stefan Zweig

In dieser
dunklen Stunde

·

1941

✿

    정신적 일치라는 오랜 신조를 강화하기 위해 지금 이 자리
에 모인 유럽 작가들 가운데, 독일어를 쓰는 우리는 괴롭고도
비극적인 우선권을 갖고 있습니다. 우리는 오늘날 세계를 공
포에 떨게 하는 잔혹함의 첫 번째 시험 대상이었습니다. 우리
의 책들이 가장 먼저 불에 던져졌고, 우리를 시작으로 수천,
수만 명이 집과 보금자리에서 쫓겨났습니다. 그런 시련이 처
음에는 괴로웠지만, 이제 우리는 더는 한탄하지 않습니다. 만
약 독일 나치가 우리를 보호했거나 심지어 드높였더라면, 우
리가 어떻게 이 미국과 같은 자유국가와 우리 자신 앞에 떳떳

할 수 있겠습니까? 역사상 최악의 재앙을 세상에 가져온 자들과 명확히 갈라섰다는 데서 우리의 양심은 더 큰 자유를 느낍니다. 그러나 독일 문화를 빙자하여 자행되는 모든 악행의 책임을 벗었더라도, 우리의 영혼은 이런 악행의 그림자에 남모르게 짓눌리고 있습니다. 유럽의 다른 나라 동료들에게는 이 일이 덜 버거울 것입니다. 그들은 인간의 존엄을 해치는 이 잔혹한 행위들 앞에서 적어도 당당하게 "우리와는 상관없다. 이것은 다른 나라의 정신이자 이념이다"라고 말할 수 있을 것입니다. 그러나 독일어를 사용하는 우리는 이런 폭력 앞에서 남들은 모르는 끔찍한 부끄러움을 느낍니다. 우리가 쓰고 생각하는 언어와 똑같은 언어로 이 법령들이 작성되었기 때문입니다. 우리가 작품으로 봉사하고자 했던 바로 그 독일 문화를 빙자하여 이런 잔혹함이 자행됩니다. 전 세계를 공포에 몰아넣은 나라가 우리 조국이라는 사실을 부인할 수 없습니다. 비록 독일인들은 우리 오스트리아 사람을 더는 독일인으로 인정하지 않지만, 나는 독일 정신의 이름으로 자행된 모든 악행에 대해 이 자리에 모인 프랑스, 영국, 벨기에, 노르웨이, 폴란드, 네덜란드 동료들에게 일일이 용서를 구해야 할 것만 같습니다.

사람들은 어쩌면 우리가 이 모든 상황에서도 계속 독일어로 창작하고 글을 쓰는 것에 놀랄지도 모르겠습니다. 그러나 작가는 조국을 떠날 수는 있어도, 창작하고 생각하는 데 사용하는 언어와는 갈라설 수 없습니다. 우리는 바로 이 독일어로 나치의 자기 신격화에 맞서 줄곧 싸워왔고, 바로 이 독일어야말로 세계를 파괴하고 인간 존엄을 시궁창에 던져버리는 범죄적 망상에 맞서 싸우는 데 쓸 수 있는, 우리에게 남은 유일한 무기입니다.

그러나 동료 여러분, 인류가 짐승이 된 명백한 퇴행 때문에 우리는 믿음과 낙관을 잃어버렸지만, 그 대신 이 시련에서 얻은 것도 한 가지 있습니다. 나는 오늘날 우리 각자가 정신적 자유의 필수성과 신성함을 그 어느 때보다 새롭고 절절하게 인식하고 있다고 믿습니다. 지금 우리는 삶의 가장 신성한 가치를 아주 특이한 방식으로 체험하고 있기 때문입니다. 우리는 밝은 대낮에 별을 보지 못하듯, 삶의 신성한 가치가 살아 있을 때는 그것을 망각하고, 삶이 평온할 때는 삶의 가치에 크게 관심을 두지 않습니다. 영원한 별들이 얼마나 찬란하게 하늘에 떠 있는지 알려면, 먼저 어두워져야 합니다. 몸과 숨을 분리할 수 없듯이 영혼과 자유를 분리할 수 없음을 인식하기 위해, 먼저 어둠의 시간이, 아마도 역사상 가장 어두운 시간이 우리에게 닥쳐야 했습니다. 오늘날처럼 인간의 존엄이 훼손된 적이 없었고, 인간이 노예로 전락하여 학대당한 적도 없었으며, 하느님의 모든 자녀가 이토록 처참하게 모욕당하고 고통받은 적도 없었습니다. 그러나 다른 한편으로, 인류가 인간의 영혼에 자유가 필수임을 지금처럼 명확히 인식한 적도 없었습니다. 이렇게 많은 사람이 한목소리로 폭정과 억압을 증오한 적도 없었고, 지금처럼 입에 재갈을 문 채 구원의 소식을 갈망한 적도 없었습니다. 오늘 우리의 발언이 한마디라도 지하 감옥에 갇힌 이들에게 전해진다면, 그들은 안도하며 자신들을 억압하는 독재자가 성급하게 승리를 만끽했음을 감지할 것입니다. 자신의 자유뿐 아니라 모든 인간, 모든 국가, 전 인류의 자유를 원하는 자유로운 사람들이 자유국가에 여전히 존재한다는 사실을 깨닫게 될 것입니다.

그러나 이곳 자유국가에서 우리가 누리는 바로 이 자유가 우리 작가들에게, 우리 시인들에게 신성한 의무를 부과합니다. 이것은 우리의 인생 전체를 통틀어 가장 시급하고 중요한 의무일 것입니다. 이미 반쯤 파괴된 혼란스러운 세계 한복판에서, 이 모든 일에도 불구하고 도덕의 힘과 무적의 정신을 흔들림 없이 믿게 하는 것은, 오늘날 말과 글을 가진 우리의 사명입니다.

그러니 우리 함께합시다. 각자의 나라를 위해, 각자의 언어로, 각자의 작품과 삶으로, 이 의무를 완수합시다. 이 어두운 시절에 우리가 자기 자신을 믿고 서로를 신뢰할 때만, 우리는 명예롭게 우리의 의무를 완수할 수 있을 것입니다.

．

우리는 밝은 대낮에 별을 보지 못하듯,
삶의 신성한 가치가 살아 있을 때는 그것을 망각하고,
삶이 평온할 때는 삶의 가치에 크게 관심을 두지 않습니다.
영원한 별들이 얼마나 찬란하게 하늘에 떠 있는지 알려면,
먼저 어두워져야 합니다.

．

하르트로트와 히틀러

Stefan Zweig

Hartrott und Hitler

·

1942

⚜

지금은 쉽게 망각하는 시대다. 그렇더라도 25년 전 베스트셀러였던 책보다 더 쉽게 잊히는 것이 과연 있을까?

나는 최근에 빈센테 블라스코 이바녜스Vicente Blasco Ibáñez의 『묵시록의 네 기사Los cuatro jinetes del apocalipsis』라는 책을 우연히 다시 접했다. 나는 이 소설을 1916년에, 그러니까 베스트셀러가 되어 모두가 읽을 때 읽었는데, 제1차 세계대전에 대한 훌륭한 묘사는 어렴풋이 기억났다. 하지만 그다지 중요하지 않은 인물이었던 독일 역사학 교수 율리우스 폰 하르트로트는 까맣게 잊고 있었다. 그는 이 소설에서 매우 과장되고 심지어

우스꽝스러운 방식으로(당시 나도 이렇게 생각했다) 독일인의 정치적 열망을 선포했다. 지나친 범게르만주의를 옹호하는 이 인물은 내가 보기에도 완전히 비현실적이었고, 그래서 그의 오만하고 독단적인 이데올로기는 그저 작가의 악의적 과장일 뿐이라 여겼다.

25년이 지나 다시 이 책을 읽었을 때, 나는 내 눈을 의심했다. 나는 블라스코 이바녜스에게 사과해야 할 것만 같았다. 이전에 내가 반미치광이 캐릭터로 여겼던 하르트로트가 이제 다시 읽어보니 실은 지금까지 발명된 그 어떤 인물보다 현실적인 캐릭터였기 때문이다.

하르트로트의 터무니없는 아이디어들이 히틀러를 통해 7000만 독일인의 공식 신념이 되었다. 히틀러가 아직 무명 화가였고 그의 부하 로젠베르크와 괴벨스가 아직 학생이었던 1914년에 가상의 인물이 퍼뜨린 터무니없는 생각들이 이제 우리 지구의 자유를 위협하고 있다. 한 작가의 상상이 끔찍한 현실이 되었다. 25년 전 블라스코 이바녜스가 발명한 허구의 인물이 선포한 내용을 보면 히틀러의 세계 지배 욕구가 결코 새로 고안된 것이 아니라는 확신이 강하게 든다.

율리우스 폰 하르트로트는, 모든 것을 설명해 줄 이론을 찾는 성실한 독일 교수처럼, 무엇보다도 독일의 세계 지배를 뒷받침할 윤리적 토대, 형이상학적 기초를 찾으려 애쓴다. 이 열렬한 범게르만주의자에게 인종 이론은 제국주의 목표에 매우 유용해 보인다.

하르트로트가 직접 설명하기를, 지구상에는 장두형과 단두형 두 인종뿐인데, 전자는 주인 인종이고 후자는 노예 인종이라는 것이다. 그리고 하르트로트는(나중에 히틀러 역시) 독일인이 탁월한 장두형 인종으로 아리아인의 유일한 계승자고 다른 민족, 특히 라틴 민족은 사생아 인종일 뿐이라고 세상이 믿게 하려 애쓴다. 하르트로트는 히틀러보다 앞서 '나의 투쟁'을 내걸고, 독일인이 다른 모든 민족보다 우월하다고 뻔뻔스럽게 주장한다.

"독일인은 권위가 있고, 모든 곳에서 질서를 잡고 권력을 갖습니다. 다른 민족을 지배하도록 천부적으로 운명 지워진 그들은 모두 타고난 지도자의 미덕을 갖추었습니다. 순수 게

르만족이 아닌 사람은 위대한 미래를 열망할 수 없습니다."

히틀러의 학문적 쌍둥이인 하르트로트는 자칭 독일 민족의 우월성을 보여주는 표본을 서슴없이 제시하지만, 이 자랑스러운 가설에서 결론을 도출하는 데는 주저한다.

"독일인은 세계를 지배할 권리를 신으로부터 부여받았습니다. 그러므로 독일은 독일 혈통이 존재하거나 우리 조상이 지배했던 모든 국가를 다시 점령해야 합니다."

점령해야 할 국가 목록에는 벨기에와 네덜란드뿐 아니라 게르만족인 프랑크족이 한때 정복했었다는 이유로 프랑스도 넣었고, 한때 롬바르드족이 일부 지역을 점령했었다는 이유로 이탈리아를, 그리고 튜턴족으로부터 최고의 혈통을 받았다는 이유로 스페인과 포르투갈도 추가했다.

그러나 서유럽 같은 작은 조각으로는 하르트로트와 히틀러의 욕심을 채우기에 턱없이 부족했다. 그들의 견해로는, 스페인 사람과 포르투갈 사람이 주로 거주하는 남아메리카 역시 독일의 지배를 받아야 마땅했다. 북아메리카 또한 독일 식민지 개척자들의 노력으로 번영을 누리고 있으므로 독일화의 대상으로 보는 것이 타당했다.

1914년의 하르트로트와 1925년의 히틀러는 이 특별한 목표를 달성하는 수단이 바로 전쟁이라고 똑같이 주장했다. 하르트로트는 히틀러보다 약간 더 솔직하게 다음과 같이 선언한다.

"우리는 비겁하지 않습니다. 우리는 지구 전역으로 활동을 확장하는 사명을 띤 최초의 민족이므로 전쟁을 하는 것입니다. 탕헤르, 툴롱, 안트베르펜, 칼레가 독일이 될 때, 우리는 기꺼이 독일의 야만성을 토론할 것입니다. 그러나 지금 우리는 강자고 토론할 기분이 아닙니다. 폭력이 최고의 주장입니다."

어떤 종류든 모든 도덕은 이런 무자비한 권력 행사에 방해만 될 뿐이고, 여기서 이미 이 매력적인 교수는 나치 정책의 전체 개념을 정립했다. 그는 다음과 같이 강의한다.

"개인 차원에서 도덕은 어느 정도 정당성을 가질 수 있습니다. 도덕은 개인이 규정을 더 잘 준수하고 규율에 더 순응하게 만들기 때문입니다. 그러나 정부 차원에서 도덕은 아무런 이익도 주지 않는 장애물에 불과합니다. 국가는 진실이냐 거짓이냐를 신경 쓸 필요 없습니다. 중요한 것은 채택된 수단의 장점과 효율성뿐입니다. 약속과 법률 같은 것에 왜 신경을 씁니까? 독일은 힘을 가졌고, 힘은 새로운 법을 만듭니다. 역사는 승자에게 정당성을 요구하지 않습니다."

이 모든 나치 이론을 읽는 동안 나는 계속 블라스코 이바녜스의 책 맨 앞으로 돌아가서, 이 책이 1940년에 제국문화부의 의뢰로 출판된 것이 아니라 정말로 1916년에 출판된 게 맞는지 확인해야만 했다. 그러나 훨씬 더 놀라운 것은 하르트로트가 그토록 바라던 전쟁 방법을 설명하는 대목인데, 그가 꿈꾸는 위대한 독일에 대한 예언이 너무나 정확했다.

"지금까지는 오직 군인들만 전쟁을 치렀지만, 이번에는 과학자와 학자들의 전쟁입니다. 대학은 참모본부 못지않게 중요한 역할을 하고, 세계 최고인 독일 과학은 혁명가들이 군국주의라 부르며 경멸하는 것에 자발적으로 동참합니다. 세계를 지배하는 폭력만이 정의를 실현하고 우리는 오직 전쟁을 통해 우리의 문화를 모두에게 강요할 것입니다. 우리의 군대가 우리의 문화를 전파할 것입니다."

하르트로트는 이 문화가 전파되는 방법도 놀랍도록 솔직하게 강의하고, 블라스코 이바녜스는 이 하찮은 교수를 '전격전 Blitzkrieg'의 첫 번째 전령으로 만든다.

"가장 유능한 장군들에 따르면, 테러는 적의 지능을 약화하고 적의 활동을 마비시키며 적의 저항을 깨뜨리기 때문에 신속한 승리의 유일한 수단입니다. 전쟁은 가혹하고 잔인할수록 더 짧아집니다. 그러므로 독일은 전쟁이 길어지지 않도록 아주아주 잔인해져야 할 것입니다. 그러니 독일인을 잔혹하다 여겨서는 안 됩니다. 겉으로 보이는 잔인함은 그 반대인 자비심과 다름없습니다. 승자가 잔인해야 패자는 더 빨리 항복할 것이고, 그 결과 세계는 덜 고통받을 것이기 때문입니다."

25년 뒤에 고스란히 잔혹하게 실현될 하르트로트의 재앙적 예언에 혼란스러워진 한 참석자가 용기 내어 조심스럽게 질문한다. 오로지 폭력만이 세상을 지배한다면 자유는 어떻게 되는 것입니까? 하르트로트는 나치의 언론이 세계에서 가장 자유롭다는 괴벨스의 설명을 선취하여 대답한다.

"우리는 위대한 민족에 필요한 모든 자유, 즉 경제적 자유와 정신적 자유를 누리고 있습니다. 퇴폐적이고 무분별한 민족과 열등한 인종만이 평등과 민주주의 이념에 현혹되어 정치적 자유를 걱정합니다. (…) 독일 정신이 지배권을 쥐는 즉시 자유를 조직으로 대체해야 합니다. 모든 국가는 개인이 공동체를 위해 최선을 다하도록 조직되어야 합니다. 모든 개인은 모든 사회적 과제에 동원되어야 합니다. 기계와 마찬가지로 개인은 더 높은 지도자에 복종해야 하고 지도자의 감독 아래 최대한 많은 양을 생산해야 합니다. 그렇게만 해도 완벽한 국가가 만들어집니다."

오늘날 히틀러가 전 세계에 강요하려는 이 모든 계획은, 너무나 진짜 같은 허구의 인물, 하르트로트에 의해 고안되었다. 우리는 세계 지배의 꿈이 독일 국민의 무의식 속에 이미 늘 존재했었다는 사실을 깨닫고 충격에 빠진다. 히틀러는 그것을 발명하지 않았다. 블라스코 이바녜스가 25년 전에 하르트로트의 입을 빌려 예언했던 것이 그의 광기를 통해 실현되었을 뿐이다. 고립된 몇몇 개인의 사악한 꿈에 불과했던 것이 이제는 수백만의 소망이 되었고 세계를 위협하는 가장 큰 위험 요소가 되었다. 블라스코 이바녜스의 소설은, 작가가 정치학 교수보다 당대와 미래를 더 잘 이해한다는 것을 다시 한번 더 보여주었다.

．

오로지 폭력만이 세상을 지배한다면
자유는 어떻게 되는 것입니까?

．

후기

슈테판 츠바이크가 말년에 집필한 가장 아름답고 감동적인 이 추억과 격려의 글들은 불행히도 지금까지 알려지지 않았다. 츠바이크는 자서전 『어제의 세계』와 마찬가지로, 이 글들에서도 삶의 태도가 바뀔 만큼 진하게 남은 오랜 기억과 사건들을 기술한다.

제2차 세계대전 시기에 회고되어 「필요한 건 오직 용기뿐!」이라는 제목으로 소개된 일화는 학창 시절까지 거슬러 올라간다. 그는 공감을 표현했어야 할 중요한 순간을 놓쳤고, 그래서 친구의 인생에 평생 남을 결과를 남겼던 일화를 회상한다. 당시의 머뭇거림, "가장 필요할 때 올바른 말을 못 하게 막는 것은 많은 경우 용기 부족"임을 깨닫는 경험을 통해, 그는 "누군가를 돕고 싶은 첫 번째 충동에 주저 없이 순종해야 한다는 사실을 배웠다. 공감의 말과 행위는 도움이 가장 절실한 순간에만 참된 가치가 있기 때문이다." 사후에 알려진 츠바이크의 편지와 기록이 생생하게 보여주듯이, 이런 깨달음은 이후 그의 행동에 결정적 영향을 미쳤다. 그는 이런 옛 경험을 마음에 새겼고, 소수의 동시대인과 동료 작가들과 함께 도움이 필요한 사람들을 위해 많은 힘을 쏟았으며 출판 수익금의 상당 부분을 기부했다.

급격했던 인플레이션 기간은 그에게도 큰 영향을 끼쳤다. 그 시기 돈의 가치가 갑자기 떨어져 선인세의 금액 가치는 원고를 보낼 때 썼던 우편요금에도 못 미치게 되었다. 이런 극적인 사례들을 통해 그는 수 세기 동안 의존했던 국가기관의 신뢰성이 땅에 떨어진 것과 돈의 실패로 인해 삶의 실질적이고 변치 않는 가치인 "일, 사랑, 우정, 예술, 자연"이 더욱 중요해졌음을 보여준다. "우리의 진정한 안전은 가진 재산에 있지 않고, 우리가 누구이고 어떤 사람이 되느냐에 달렸다."

가장 감동적이고 독특한 회상은 슈테판 츠바이크가 1919년부터 1934년까지 잘츠부르크의 카푸치너베리크에 있는 그의 집에서 지냈던, 아마도 가장 행복했던 시기에 일어난 일화다. 아무것도 가진 것이 없는 한 청년과의 우연한 만남을 계기로 그는 "세상에서 가장 강력한 도구인 돈을 주체적으로 피하는 기술, 그리고 단 한 명의 적도 만들지 않고 사람들과 어울려 사는 기술"을 경험한다. 이 이상한 시골 청년은 여느 사람들과 달리, 가난한데도 불구하고 모든 사람을 돕고 그 대가를 바라지 않으며 어딘가에 매여 사느니 차라리 가장 낮은 사회적 지위를 기꺼이 감수한다. 친절과 사교성, 쾌활한 평정심으로 그는 주변 사람들의 신뢰를 얻을 뿐만 아니라 자유와 삶의 질을 잃어버린 사람들로 하여금 그것을 다시 찾아 발전시킬 수 있게 해준다. 모든 위험에 대비하는 우리의 실적 사회에서 "필요한 만큼만 대가를 받고 능력이 닿는 한 힘껏 돕는" 사람, 아무 일도 하지 않으면서 모든 일을 하는 근심 걱정 없는 이 청년은 거부할 수 없는 매력을 가졌다. 헤르만 헤세의 부랑자 '크눌프' 또는 에른스트 펜촐트의 처세술사 '다람쥐'와 마찬가지로, 이 청년은 정착한 사람들에게 항상 자유를 향한 약간의 방랑 욕구를 불러일으킨다. 그들의 자유분방한 삶은 언제나 선망받고 놀랍고 대단히 행복하기 때문이다.

슈테판 츠바이크는 취하는 것보다 더 많이 내어주고, 자신의 재능을 최대한 발휘하고자 평생 노력했다. 덕분에 그의 동시대 사람뿐 아니라 우리와 미래 세대 역시 인식의 폭을 확장하고 강화할 수 있었다. 이는 장편소설, 중편소설, 전기, 희곡, 시, 그리고 시대 및 문화사에 대한 거시적 서술 등 놀랍도록 다양한 작품에서 항상 우리의 행동을 인간화하는 것을 목표로 삼았기에 가능했다. 그는 아무것도 지어낼 필요 없이, 직접 경험하고 세심하게 조사한 역사적 사건에서 현재 상황과 관련시킬 수 있고 현시대에 맞는 마음에 닿는 의미심장한 소재들을 찾아낸다. 이런 조사 작업의 결과를 작가 자신도 알지 못하므로 그 과정에서 탐정 같은 흥분을 느끼고 독자는 자기도 모르게 그 흥분에 빨려들어간다. 친필 서명이 담긴 자료를 열심히 살피는 그는, 전통적 관점을 새로운 관점으로 확장하거나 바꾸고 그의 이야기에 진정성을 확실히 부여하는, 그간 알려지지 않은 문서, 문헌, 목격자 증언 등을 자주 접하게 된다.

프랑스 혁명사를 공부하던 중 우연히 접한 「센강의 낚시꾼」 일화처럼, 그는 우연한 발견에서도 시대를 초월하여 현재에 적용될 수 있는 인간의 행동 방식 패턴을 찾아낸다. 처음에 그를 당혹스럽게 했던 센강의 낚시꾼 일화에서, 그는 혁명의 정점인 루이 16세 참수에도 아무 일 없다는 듯 느긋하게 미끼를 던진 낚시꾼들의 무관심을 1940년 전쟁 최전선에서 매일 접하는 새로운 충격적인 보도에 아랑곳하지 않는 동시대 사람들의 무감각과 비교한다. "매시간 예측할 수 없는 끔찍한 일이 일어나고, 배가 침몰하고, 무방비 상태의 아이들이 폭탄에 죽고, 수천 명이 추격을 당하고, 제국이 무너지고, 모든 권리와 인도적 관습이 무시되는" 1940년 당시에 사람들의 공감 능력은 과부하로 인해 녹초가 되어 제대로 발휘될 수 없었고, 그는 이런 현상을 충분히 이해할 수 있었다. 자극의 규모가 특정 임계점을 넘으면 인간의 이해력이 견딜 수 있는 수준을 벗어나게 되어 우리는 본능적으로 과도한 충격을 회피하게 되기 때문이다.

그럼에도 그는 권력자의 폭압에 억눌려 안전한 집에 기만히 머물던 사람들과 너무 오래 나 몰라라 내버려두다가 결국 자기들도 위협을 받은 다른 국가들의 거대한 침묵에 괴로워했다. 당시 시대의 억압 아래 독일에서는 접할 수 없는 망명 잡지에 발표된 「거대한 침묵」과 「이 어두운 시절에」, 그리고 놀라운 평행 서사인 「하르트로트와 히틀러」 같은 경고의 글들은 불행히도 츠바이크 작품의 저작권자가 출판 허가를 해주지 않아 지금까지 소개될 수 없었다. 이제 이 세 글은 시대를 비평하는 그의 작품들에 주목할 만한 측면들을 더하고, 모든 역경에도 좌절하지 않으려 했던 그의 노력을 다시 한번 전달한다.

그러나 그 역시 오래 버티기는 힘들었다. 전쟁이 길어질수록, 그리고 브라질 망명 생활 중에 셀 수 없이 많은 편지와 전화 통화, 전 세계의 도움 요청을 통해 사람들의 비참함을 더 상세히 알게 될수록, 비자 중개와 격려, 모든 형태의 지원 등 오랜 사회 사업 활동은 점점 더 그를 지치게 했다. 사후에 출판된, 게슈타포 피해자의 고립 속 고문을 공감의 눈으로 깊이 있게 다룬 「체스 이야기」도 이 시기에 쓴 것이다. 선에 대한 헌신을 원동력으로 삼았던 작가는 이제 모든 활력을 상실했다. 그는 자살하기 직전인 1942년 초 브라질 페트로폴리스에서, 자신을 방문한 동료 이민자 작가에게 이렇게 말했다.

"가장 무의미한 파괴가 벌어지고 있고, 수많은 무고한 사람들이 끌려가는 것을 알고 있는데, 내가 어떻게 숨을 쉬고 자고 먹을 수 있겠습니까? 창작은 뭔가를 만들어내는 것입니다. 가장 악의적인 파괴가 현재 진행되고 있다는 것을 알면서 어떻게 뭔가를 만들 수 있겠어요!"

1940년 11월 비행기 사고로 사망한 쿠바의 동료 작가를 위해 쓴 「알폰소 에르난데스 카타를 위한 추도사」에서 그가 강조한 내용은 츠바이크 자신에게도 적용되었다. 그의 호탕한 성품에 모두가 그의 내적 풍요를 공유하고 싶어 했다.

"그는 오직 친절과 인간애 속에서만 살 수 있었고, 어디에 머물든 주변 분위기를 순수하고 따뜻하게 만들었습니다. (…) 그가 들려준 소소한 일화는 예술 작품이 되었고, 그의 타고난 본능이 모든 소재를 자연스레 강조하고 그 강도를 적절히 조절했습니다. (…) 독자들은 자신이 그 사건들을 직접 목격했다고 느꼈습니다."

이 책에 실린 글들은 슈테판 츠바이크의 생애 마지막 2년의 기록이다. 「필요한 건 오직 용기뿐!」과 「나에게 돈이란」 두 작품은 1941년 7월 뉴욕 잡지 《리더스 다이제스트Readers Digest》에 영어로 처음 수록되었고, 지금은 세상을 떠난 나의 아내 우르술라가 쿠르트 마슐러Kurt Maschler에게 맡겨진 츠바이크의 유작들을 본 뒤 1980년에 독일어로 옮겼다. 「센강의 낚시꾼」도 거기서 발견되었다.

「걱정 없이 사는 기술」에 대한 매혹적인 회상은 뉴욕주립대학교 프레도니아의 슈테판 츠바이크 소장품에서 나왔다.

「거대한 침묵」은 1940년에 〈라디오 파리Radio Paris〉를 통해 방송되었다.

「이 어두운 시절에」는 츠바이크가 1941년 5월 뉴욕 펜PEN 클럽에서 한 연설이다.

「하르트로트와 히틀러」는 츠바이크가 사망한 이후 1942년 12월 뉴욕의 잡지 《프리 월드Free World》에 게재되었고, 카린 그레브너Karin Gräbner가 독일어로 옮겼다.

너무 오랫동안 등한시되었던 글들이 마침내 출판된 것은 밤베르크에 사는 슈테판 츠바이크 연구자 클라우스 그레브너Klaus Gräbner의 제안 덕분이다.

폴커 미헬스Volker Michels

출처

걱정 없이 사는 기술

뉴욕주립대학교 프레도니아의 슈테판 츠바이크 소장품 중 미발표 원고.

필요한 건 오직 용기뿐!

《리더스 다이제스트》, 뉴욕, 1941년 7월 영문으로 첫 수록. 우르술라 미헬스벤츠Ursula Michels-Wenz 독일어 번역.

나에게 돈이란

《리더스 다이제스트》, 뉴욕, 1941년 7월 영문으로 첫 수록. 우르술라 미헬스벤츠 독일어 번역.

센강의 낚시꾼

《하퍼스 매거진Harper's Magazine》, 뉴욕, 1941년 2월 영문으로 첫 수록.

영원한 교훈

뉴욕주립대학교 프레도니아의 슈테판 츠바이크 소장품 중 미발표 원고.

알폰소 에르난데스 카타를 위한 추도사

《아르겐티니쉐스 타게블라트Argentisches Tageblatt》, 부에노스아이레스, 1940년 11월 26일 첫 수록.

거대한 침묵

《새로운 일기Das Neue Tagebuch》, 파리, 1940년 5월 4일, 첫 수록.

이 어두운 시절에

1941년 5월 15일 뉴욕 펜 클럽 연설.《아우프바우Aufbau》, 뉴욕, 1941년 5월 16일 첫 수록.

하르트로트와 히틀러

《프리 월드》, 뉴욕, 1942년 12월 4일 영문으로 첫 수록. 카린 그레브너 독일어 번역.

그림

지은이 **슈테판 츠바이크**Stefan Zweig

1881년 11월 28일 오스트리아 빈에서 태어나 베를린대학교와 빈대학교에서 철학과 문예학을 전공하고 철학박사 학위를 받았다. 유럽 각국의 언어와 문학에 정통했으며 신문과 잡지에 다양한 글을 기고했다. 시와 단편 소설을 발표해 명성을 쌓았고 세계 여행을 하면서 여러 나라의 작가, 유명인사들과 교류했다.

역사에 대한 깊은 통찰과 인물에 대한 심도 있는 연구로 『조제프 푸셰』, 『마리 앙투아네트』, 『메리 스튜어트』, 『에라스무스』, 『마젤란』, 『다른 의견을 가질 권리』, 『발자크』 등과 같은 뛰어난 전기를 썼고, 「체스 이야기」, 「낯선 여인의 편지」, 「감정의 혼란」 등과 같은 인간의 내면을 깊이 탐색하는 중·단편 소설 및 회고록 『어제의 세계』를 남겼다.

1938년 나치의 박해를 피해 영국으로 이민을 떠났고 1940년에는 미국으로, 1942년에는 브라질로 건너갔다. 1942년 2월 23일 리우데자네이루 인근 페트로폴리스에서 스스로 목숨을 끊었다. 『어두울 때에야 보이는 것들이 있습니다』는 그가 생애 마지막 2년 동안 남긴 기록으로, 참담한 현실 속에서도 놀라울 정도로 끈질기게 인간에 대한 희망을 붙들고 있는 모습을 엿볼 수 있다. 그의 미공개 에세이를 발견하고 엮은 독일 편집자 폴커 미헬스와 츠바이크 연구자 클라우스 그레브너는 이 아홉 편의 글을 두고 슈테판 츠바이크 글 중에서도 "가장 아름답고 감동적인 추억과 격려의 글들"이라고 평한다.

옮긴이 **배명자**

서강대학교 영문학과를 졸업하고 출판사에서 편집자로 8년간 근무했다. 이후 대안교육에 관심을 가져 독일 뉘른베르크 발도르프 사범학교에서 유학했다. 현재 바른번역에서 번역가로 활동 중이다. 『밤의 사색』, 『아비투스』, 『호르몬은 어떻게 나를 움직이는가』, 『세상은 온통 화학이야』 등 80여 권의 책을 우리말로 옮겼다.

슈테판 츠바이크의 마지막 수업

어두울 때에야 보이는 것들이 있습니다

초판 1쇄 인쇄 2024년 10월 15일
초판 5쇄 발행 2025년 1월 8일

지은이 슈테판 츠바이크
엮은이 클라우스 그레브너, 폴커 미헬스
옮긴이 배명자
펴낸이 김선식

부사장 김은영
콘텐츠사업본부장 임보윤
책임편집 장종철　**책임마케터** 양지환
콘텐츠사업8팀장 전두현　**콘텐츠사업8팀** 김상영, 김민경, 장종철, 임지원
마케팅본부장 권장규　**마케팅2팀** 이고은, 배한진, 양지환　**채널팀** 권오권, 지석배
미디어홍보본부장 정명찬　**브랜드관리팀** 오수미, 김은지, 이소영, 서가을
뉴미디어팀 김민정, 이지은, 홍수경, 변승주
지식교양팀 이수인, 염아라, 석찬미, 김혜원, 박장미, 박주현
편집관리팀 조세현, 김호주, 백설희　**저작권팀** 이슬, 윤제희
재무관리팀 하미선, 윤이경, 김재경, 임혜정, 이슬기, 김주영, 오지수
인사총무팀 강미숙, 김혜진, 황종원
제작관리팀 이소현, 김소영, 김진경, 최완규, 이지우, 박예찬
물류관리팀 김형기, 김선민, 주정훈, 김선진, 한유현, 전태연, 양문현, 이민운
외부스태프 디자인 박아형

펴낸곳 다산북스　**출판등록** 2005년 12월 23일 제313-2005-00277호
주소 경기도 파주시 회동길 490 다산북스 파주사옥 3층
전화 02-702-1724　**팩스** 02-703-2219　**이메일** dasanbooks@dasanbooks.com
홈페이지 www.dasanbooks.com　**블로그** blog.naver.com/dasan_books
용지 신승아이엔씨　**인쇄** 민언프린텍　**제본** 국일문화사　**코팅 및 후가공** 평창피엔지

ISBN 979-11-306-5746-2 (03850)

· 원서의 제목은 '걱정 없이 사는 기술Die Kunst, ohne Sorgen zu leben'로, 책에 수록된 첫 번째 에세이 제
　목과 같습니다.
· 책값은 뒤표지에 있습니다.
· 파본은 구입하신 서점에서 교환해드립니다.

　다산북스(DASANBOOKS)는 독자 여러분의 책에 관한 아이디어와 원고 투고를 기쁜 마음으로 기다리고 있습니다.
　책 출간을 원하는 아이디어가 있으신 분은 다산북스 홈페이지 '원고투고'란으로 간단한 개요와 취지, 연락처 등을
　보내주세요. 머뭇거리지 말고 문을 두드리세요.